騙されましたが、幸せになりました

愚か者令嬢と紅蓮の騎士

霜　月　零

R E I 　S H I M O D U K I

一迅社文庫アイリス

CONTENTS

アレクサンダー
エネディウス侯爵家の嫡男。
普段は商人に扮して
商売をしているが、実は、
王国騎士団に所属している青年。
炎の魔法に高い適性が
あることから、
『紅蓮の騎士』と呼ばれている。
リディアナ
ゴルゾンドーラ公爵家の令嬢。
努力家で正義感が強いが、
思い込んだら一直線なところがある。
そのせいで、男爵令嬢マリーナに
騙され、国内での立場を
失ってしまった。

Character

イグナルト

リディアナがお世話に
なっている伯爵家の嫡男。
リディアナに
好意を寄せている青年。

ジェレミィ

才女として知られている
伯爵家の令嬢。
イグナルトの婚約者で、
非常に嫉妬深い女性。

ペトラ

子爵家の令嬢で、
アレクサンダーの幼馴染。
アレクサンダーの恋人だと
噂されている。

マリーナ

リディアナと仲がよかった
男爵令嬢。
狡猾な少女で、
リディアナを利用していた。

フィオーリ

グランゾール辺境伯夫人。
かつてリディアナに
陥れられたことがある。

Keyword

魔ハーブ

リスルテア王国で流通している薬草の一種。
国内では薬草としてよりも、
ハーブティーや料理のスパイスとして
使用されている。

イラストレーション◆一花夜

騙されましたが、幸せになりました　愚か者令嬢と紅蓮の騎士

And lived happily ever after. 2nd.

【序章】

『リディアナ・ゴルゾンドーラ様』

そう書かれた宛名を手に、わたくしはもう何度と読み返したフィオーリ・ファルファラ伯爵令嬢――いまは結婚して、フィオーリ・グランゾール辺境伯夫人となった彼女の手紙を指でなぞる。

もうわたくしを恨んでなどいないし、どうか幸せになって欲しいとまで書かれていた手紙を持ってきてしまったのは、やはり罪悪感からだろうか。

わたくしが彼女にした仕打ちは、到底許されることではなかった。

鮮やかな橙色（だいだいいろ）の髪と、明るい黄緑色の瞳をした彼女は、いつもパーティーでは控（ひか）えめで大人（おとな）しい女性だった。

リフォル・クルデという美貌の元婚約者と共にいなければ、話題にすらならないほどだったろう。

他者を虐（しいた）げ、陥（おとしい）れるような性格ではないと、こうしてゆっくりと彼女の言動を思い出せばわかることだったのに。

いくら大切な親友――そう思っていたのはわたくしの方だけだったけれど――マリーナの言葉であっても、フィオーリから嫌がらせを受けているなどという言葉を、わたくしは真に受けずに疑うべきだったのだ。

あの頃、わたくしは元婚約者のレンブルク・ラジェスタとのことで悩んでもいた。

幼い頃からの婚約者であったし、わたくしとの仲も順調だった。……順調だと、思っていたかった。

けれどいつからだろう。

レンブルク様の青い瞳が、わたくしの妹を、セルシィを見つめるようになったのは。

セルシィも、レンブルク様を見つめているように思えたのは。

それを指摘すれば、レンブルク様もセルシィもそんなことはあるはずがないと否定してくれた。後日レンブルク様は、誤解させたお詫びにと、わたくしと彼の瞳の色によく似た宝石をあしらったブレスレットを贈ってもくれた。

わたくしの瞳と同じ色ということは、それは妹の瞳と同じ色でもあるのだけれど、彼が選んでくれた贈り物はいつだって素敵で、その中でもお互いの瞳の色が寄り添っているように見えたブレスレットはいつも身に着けるほどのお気に入りになった。

わたくしは、お母様にあまり似ていない。

色彩こそ同じ金髪碧眼ではあるけれど、わたくしの顔立ちはお父様に似ている。

鋭い切れ長の瞳と、つんと尖った顎先。細い眉。醜くはないが、実際の年齢よりも年上に見られることの多いわたくしの顔立ちは、子供を何人も生んだとは思えないほどに若々しいお母様と並ぶと、違いは顕著だった。

それに引き換え、妹はお母様にそっくりだ。

色彩はもちろんのこと、大きな瞳と、桜色のぽってりとした口元、お母様をそのまま幼くした容姿は、ヴァンジラス王国の王族の血を間違いなく引いていると思える顔立ちだった。

それだけじゃない。

わたくしが何か月もかかってやっとものにした氷魔法も、妹はほんの数日で会得してしまった。

礼儀作法や貴族としての常識はもちろんのこと、座学も芸術もなにもかも、妹はわたくしよりもずっとずっと素晴らしかった。

お兄様やお姉様はいい。

わたくしよりも年上なのだから、できて当たり前だと思い込めた。

けれどセルシィは違う。

わたくしが彼女の姉なのだ。

セルシィよりもできることが当たり前の存在であるはずのわたくしは、けれどすべてにおいて劣っていた。

だからだろう。

『リディアナさまって、何でもできるんですね！』

ピンク色の大きな瞳を煌めかせて、わたくしが何をしても褒め称えてくれたマリーナを、誰よりも愛おしく感じた。

容姿の可愛らしさだけはあるものの、平民として生まれ育った彼女は、貴族としての常識には疎かった。

非常識な振る舞いをしてしまうマリーナを、以前からの友人達の多くは、よく思わなかった。

マリーナと出会ったのは、とあるパーティー会場でのことだ。

無作法なマリーナの行動を、わたくしの友人達が取り囲み、貴族としての常識を説いていたのだ。

けれどマリーナは両親を失い、男爵家に引き取られたばかりだったことをわたくしは知っていたから、彼女を庇った。

『まだ、貴族として慣れていないだけだわ。貴方達だって、今日から平民と同じ暮らしをして生きよと言われてすぐに実行できるのかしら。できないでしょう？　自分ができないことを人に強要するものではないわ』

うつむいて涙ぐんでいたマリーナは、それ以来ずっと、わたくしに懐いているふりをし続けた。演技だなどと見抜けなかった。

心から尊敬して慕われているのだと思い込んだわたくしには、マリーナは実の妹よりもずっとずっと可愛く思えた。

セルシィだって大切な妹だ。彼女は出来損ないのわたくしを見下すこともなく、姉として慕ってくれていた。けれど彼女がわたくしをリディアナお姉様と呼ぶたびに、どうしても劣等感が刺激されて辛（つら）かったのだ。

だから、妹でありながらすべてがわたくしの上をいくセルシィではなく、マリーナが本当の妹だったらよかったのにと思ってしまうこともあった。

そんなわたくしは、以前からの友人達の忠告にも耳を貸さなくなり、マリーナの願いを最優先に叶（かな）えるようになった。

『リディアナさまのドレス、とても綺麗（きれい）ですね！』

そう褒められれば、彼女をゴルゾンドーラ公爵家御用達（ごようたし）の店に連れていき、お揃（そろ）いの最高級のドレスを仕立てた。

『この間頂いたお菓子、ほんとうに美味（おい）しかったです』

そう微笑（ほほえ）まれれば、再度同じ菓子を手配して男爵家に届けさせた。

喜ぶ彼女が可愛くて、彼女の笑顔を曇らせる存在が許せなかった。

『フィオーリ様が……』

そう言って、肩を震わせ涙ぐむマリーナの姿を見た時の怒りは、計り知れない。

(フィオーリ・ファルファラ伯爵令嬢を社交界から消さなくては)

マリーナが安心して過ごせるように、わたくしが守らなくてはならないと思った。すべてマリーナの虚言で、フィオーリには何一つ罪などなかったというのに。

わたくしがマリーナだけを信じてフィオーリを虐め抜き陥れ、王家のパーティーで悪女として濡れ衣を着せフィオーリを断罪し、リフォル・クルデとの婚約を破棄させた。

フィオーリの夫となったアドニス・グランゾール辺境伯が事実を白日の下に知らしめていなければ、いまもわたくしは彼女を憎み、彼女はわたくしが流した嘘の噂に苦しめられ続けていたことだろう。

『男爵令嬢ごときに騙された愚かな公爵令嬢』

それが、いまの社交界でのわたくしの評価だ。

そしてそれは同時に、ゴルゾンドーラ公爵家と、ラジェスタ公爵家での立場もそう。

わたくしとレンブルク様の婚約は破棄され、代わりにセルシィがレンブルク様の婚約者となった。

本当に、わたくしは愚かだった。

【一章】 隣国リスルテア王国

揺れる馬車は公爵家のものよりか幾分劣るものの、十分な乗り心地であると言える。

「リディアナ様、もう少しでリスルテア王国の王都に着きますよ」

ゴルゾンドーラ公爵家よりついて来てくれた侍女のカーラが、馬車の外を促す。

わたくしはフィオーリからの手紙を仕舞い、窓の外の景色を眺める。

ヴァンジラス王国よりも南に位置するリスルテア王国では、結界の塔の数が多いようだ。

王都まではまだ離れているというのに、すでに何本もの結界の塔が見える。

「随分と結界の塔が多いのね」

「ヴァンジラス王国では、こんなに多く見ることはありませんでしたから新鮮ですね」

カーラの言葉に頷いて、わたくしは通り過ぎる結界の塔を見送る。

結界の塔は文字通り結界を張る塔だ。国によって形状は違うものの、宮廷魔導師達が魔石を加工した結界石に魔力を込め、それを動力にして結界を張り巡らす。

祖国のヴァンジラス王国では、アドニス・グランゾール辺境伯を中心に、宮廷魔導師達が定期的に結界石に魔力を込めている。

グランゾール辺境伯の魔力が桁違いのお陰で、宮廷魔導師達の魔力は主に王都の結界に集中しているのだとか。

リスルテア王国で結界の塔が多いのは、一つ一つの結界の力が弱く、その分を数で補っているからだろう。

魔物は、瘴気の濃い場所に出現しやすい。結界が張ってあれば出現しないというものではなく、強い魔物を寄せ付けない分、小さな魔物ならば通してしまう。

いま乗っている馬車には塔の結界から漏れた小さな魔物を寄せ付けないように、種類の違う結界石が取り付けられているから、護衛の数は少ない。

ヴァンジラス王国の中では、ゴルゾンドーラ公爵家の馬車で国境まで来ていたが、リスルテア王国に入る際にこちらの馬車に乗り換え、護衛も最低限にとどめた。

貴賓として訪れるわけでもないわたくしが、大勢の護衛を連れて入国するわけにはいかない。

ましてや、わたくしはいまや公爵家の厄介者なのだ。

罪人として扱われないだけましだけれど、大手を振って他国へ赴ける立場ではない。

できるだけ目立たないほうがいいのだ。

遠ざかる結界の塔をぼんやりと眺めていると、ガタンという大きな音と共に馬車が傾いだ。

「何事かしら」

「聞いてまいります」

カーラが振動でずれた眼鏡を押さえながら、即座に馬車から降りていく。

(魔物ではないわよね？　結界石はきちんと取り付けられていたし)

盗賊の類でもないだろう。争う音は聞こえない。馬は多少驚いているようだが、御者がなだめる声が聞こえる。

「リディアナ様、車輪が溝に埋まったようです」

「動かせそうかしら」

わたくしも降りたほうがいいだろう。溝に嵌まっているのなら、持ち上げる必要があるはずだから。

「お嬢様大変申し訳ございませんっ」

カーラに手を差し出されて馬車から降りると、御者が真っ青な顔で詫びてきた。

被っていた帽子を取り両手で握りしめ、いまにも首を刎ねられそうなほどに怯えた御者の様子を見ると、少しばかり溜め息をつきたくなる。確かに、わたくしの顔立ちは吊り目で冷ややかな印象を与えてしまうから、お世辞にも優しげとは言い難いのだけれど……。

「何があったのか教えてくださる？」

微笑みを浮かべ、せめて声色だけでも意識して優しく問うと、御者は少しだけほっとしたように握りつぶしていた帽子から力を抜いた。

「野兎が急に出てきたのです。避けようとしましたらば、制御が上手くいかずにこのようなことに……」

「野兎は無事だったのかしら」

「あぁ、はいっ、それはもうかすることも無くぴょんぴょん跳ねて去っていきました」

身振り手振りで説明する様子を見ると、兎が好きなのだろう。可愛（かわい）らしいものね。

車輪は随分深く嵌まってしまっているようだけれど、持ち上がるのだろうか。

馬で並走していた護衛騎士のゼーレも降りて、馬車を持ち上げにかかる。

「……何かが引っかかっているようですね」

数人がかりで馬車を押しているにもかかわらず、なかなか車輪が持ち上がらない。

（氷を車輪の下に出せば持ち上がりはしないかしら）

わたくしの氷魔法はあまり細かな操作を得意としていない。

けれど大雑把（おおざっぱ）に溝を凍らすイメージならどうだろう。手の平に意識を集中させ、呪文を唱える。

車輪の下の溝がピキピキと音を立てながら凍っていく。

それに合わせて、埋まっていた車輪が氷に押し上げられるように溝から上に持ち上げられた。

「これで動くかしら」

「やってみますっ」

御者が即座に馬を前に引いてみる。すると何とか動きはするものの、ギギッと妙な音がする。

「車輪に異常があるようです……」

音のする車輪を調べていた御者が申し訳なさそうに首を垂れる。

「つまり馬車は動かせないということ？」

「は、はい……」

「カーラ。王都には大分近づいているのよね？　歩いていける距離かしら」

「リディアナ様、何をおっしゃるのですか。歩くなどと……っ」

「馬車が動かないのならば致し方ないでしょう。あとは、そうね。ゼーレに王都までいってもらって替えの馬車を手配してもらう方法もあるわね」

ただしその場合、わたくしとカーラと御者がこの場に残ることになる。

いくらわたくしに魔導の心得があるとはいえ、土地勘のない街道で護衛もなく過ごすのは心許（こころもと）ない。それに、いくら護衛騎士とはいえ、ゼーレは女性だ。一人で王都までいって戻（もど）って来させるのも心苦しい。

どうしたものかと悩んでいると、一台の荷馬車が近づいてきた。

「なぁ、あんた達、馬車の故障かい？」

側（そば）まで来た荷馬車の御者が軽い口調で尋ねてくる。

背が高く、黒い髪と金色の瞳が印象的な男性だ。

動きやすく髪を後ろで縛り、腰に巻いたベルトには鞄（かばん）が付いている。

ゼーレが一歩前に出て、わたくしを背に庇う。

「あぁ、いや、俺達は物盗りじゃないさ。見ての通りただの商人だよ。その馬車の様子だと、車輪が駄目になってるんじゃないのか？」

「一目見ただけでわかるのですか？」

馬車の車輪はすでに溝から引き上げられている。傍目には、街道の脇に止まっているようにしか見えないはずだ。

「なんともないなら、お嬢さん方が馬車から降りているのは不自然だ。馬が怪我をした様子も馬車が破損した様子もない。ならば車輪の異変が妥当だろう？」

そういうものだろうか。わたくしにはさっぱりわからない。

「それでだ。丁度俺達は荷台に替えの車輪をいくつか積んである。あんた達さえよければ、そいつを使ってここで修理してやるよ。どうだい？」

ふむ……。

商人の中でも大店といったところだろう。

口調はともかく、着ている服は上質で光沢がある。貴族との取引もありそうだ。首元に下げたネックレスは天然石だろう。

お金に困っている様子は微塵もない。

「そうね。お願いできるかしら」

このままここで立ち往生していても仕方ない。

ぐずぐずしていては日も暮れるだろう。

直るかはわからないが、何もしないよりはましだ。

それに、直せなかった場合でもこの者達に王都まで連れていってもらえばいい。

「なら、話は決まりだな。立ちっぱなしもなんだから、お嬢さん方は俺達の荷馬車に乗っているといい。あぁ、もちろんそこの護衛騎士と御者もだ。護衛対象から離れるのは不安だろう？」

「そうして頂けると助かりますわ」

日差しは柔らかいとはいえ、街道に立ったままでいるのは避けたいところだ。わたくしは簡易とはいえドレス姿だし、カーラもゴルゾンドーラ公爵家のお仕着せである。二人とも街道に立ち続けるには不適切な格好だろう。

商人のありがたい申し出に、わたくしはカーラと御者と、ゼーレを促す。だがゼーレは立ち止まり、荷馬車に乗ろうとしない。

「どうした？」

「ゼーレ？」

剣の柄を押さえたまま、ゼーレは荷馬車の前で立ち止まる。

何か言いかけて言い淀み、「私は、ここで」とわたくし達が乗ってきた馬車を見つめる。

「あぁ、俺達が馬車に細工をしないか見張るのか。いいぜ、その位置からならお嬢さん方のことも馬車も全部見えるだろう」

頷いて、商人は隣に乗っていた部下二人に指示を出す。

彼の部下達は荷馬車から新しい車輪を取り出し、てきぱきと取り換えていく。

荷馬車の中は随分と広い。

積まれているのは行商により仕入れた品々だろうか。積まれた木箱の中には変わった香りがするものもある。

「変わった香りがしますね」

「カーラもそう思う？　わたくしもいま、同じことを思っていたわ。香料を扱っている商店なのかしらね」

ヴァンジラス王国では馴染みのない香りだ。けれど嫌なものではない。すうっとした清涼感のある香りは心地よい。

（それにしても……）

わたくしは厳しい顔つきのゼーレを見る。

彼女はずっと、作業をしている商人達を凝視している。

どうしたのだろう。

作業はここから見える限り特におかしなことをしてる様子はない。

もっとも、わたくしには修理の知識などないのだから、見ていてもわからないかもしれないけれど。

商人達は手馴れているらしく、半時もかからないうちに馬車の車輪は真新しいものに取り換えられた。

「どうだい？　動くだろう」

商人が御者を手招きして、馬車を移動させる。

先ほどまで嫌な音を立てていた車輪は真新しくなり、滑らかに動き出した。

「よし、直ったな。お嬢さん方、もうこっちの馬車に乗り込んで大丈夫だ。待たせたな」

「助かりましたわ。修理費はおいくらかしら」

「あぁ、予備の車輪を交換しただけだからいらないぜ？　この交換した車輪も、店に戻ればまた使えるように直せるしな」

「そんなわけにはいきませんわ。きちんとお支払いさせてください」

いくらわたくしが庶民の世界に疎いところがあるとはいえ、壊れた車輪と新品の車輪が等価交換になりはしないことぐらいわかる。

よほどの高額でなければ、手持ちの金貨で支払えるだろう。

「うーん、じゃぁ、こうしないか？　あんた達はリスルテア王国の王都にいくんだろう。暇な時にでも俺の店に買いに来てくれよ。場所はこの名刺に書いてある」

「コールケイン？」

「そう。王都の三番街だ。タイバス劇場は知っているか？」

「いいえ。リスルテア王国には詳しくないの」

「そうか。タイバス劇場はいま一番王都で人気のある劇団が上演しているんだ。その劇場から大通り沿いに東に向かうと俺の店がある」

やはり予想通り、相当大きな店の店主なのだろう。

王都の大通りに店を構えられるものは限られている。

「俺の店に来たら、名乗ってくれ。すぐに俺が対応するから。……っと、その前に自己紹介がまだだったな。俺はアレク。お嬢さんは？」

「リディアナよ」

「リディアナか。いい名前だな。そっちの騎士は恋人かい？」

「なっ！」

ゼーレが真っ赤になる。

彼女は背が高く、護衛の邪魔にならないように髪も短く切りそろえているからか、よく男性に間違われるのだ。

「ゼーレは女性でしてよ？」

「おっと、これはすまない。さっきから、俺達を鋭い目で見ているからさ。てっきり嫉妬でもされているものかと」

「そ、それは、貴公らが商人にしてはあまりにも隙がないから……っ」

「あぁ、そんなことか。行商をしているといつ魔物や盗賊に襲われるかわかったものじゃないからな。自分の身は自分で守れるようにうちの店の商人は全員鍛えている。護衛を雇うとその分経費がかさむだろう？　この腕を見てくれよ。自慢の筋肉だ」

アレクが軽く袖をまくると、鍛えられた腕が顕わになり、どきりとする。

「殿方がむやみやたらに肌を晒すものではありませんわ」

視線をそらす。

顔が赤くなっていたりはしないだろうか。

「そうか？　まぁ、これで護衛騎士の誤解も解けただろう。いつでも俺に会いに来てくれ」

屈託のない笑顔で手を振って、アレクは荷馬車に乗り込むと部下と共に去っていく。

（アレク、ね……）

手元の名刺をなぞる。

詳しい店の場所はバン伯爵家で尋ねればいいだろう。

わたくしが今日からしばらくお世話になるバン伯爵家のユイリー・バン伯爵夫人は、お母様の従妹だ。

わたくしは数年前に一度会ったきりだが、お母様は年に一度は隣国に会いにいくほどに仲が良い。

だからだろう。

色々と重なって塞ぎ込むわたくしに、お母様が提案してきたのだ。

『ユイリーのところにしばらくお世話になるのはどうかしら？　隣国といっても、辺境にいくのとさほど変わらない距離だし、良い気晴らしになると思うのよ』

確かにゴルゾンドーラ公爵家に居続けるのも辛かった。

婚約してからもセルシィとレンブルク様はわたくしのいる前で、堂々と寄り添うようなことはしないでくれていた。

目につくところで二人でいることは皆無といってもよかっただろう。

それでも、時折見かけてしまうたびに、わたくしの心は軋んだ。

パーティーへの招待状は公爵令嬢という立場から、婚約破棄される以前と変わらないぐらい送られて来ていたが、それもまた苦痛を伴った。

出れば好奇の目は避けられないし、わたくしのせいで巻き添えで婚約を解消されてしまった令嬢もいたのだ。

フィオーリ・ファルファラ伯爵令嬢への嫌がらせの数々は、アドニス・グランゾール辺境伯の魔法によって白日の下に晒されたのだけれど、その時にわたくしだけでなく、共にいた友人達まで映し出されてしまっていたからだ。

友人には、公爵令嬢のわたくしに命じられて断ることなどできない、だから仕方なくフィオーリへの嫌がらせに加担させられたと、そう証言するようにわたくしはすぐに伝えた。

けれど、婚約破棄を取り消すことはできなかった。

婚約破棄ほど酷(ひど)いことにはならずとも、あの時映し出されてしまったほかの友人達も、多かれ少なかれ批判を受けることになってしまった。

わたくしの行動を止めようとしてくれた令嬢もいたのだ。

マリーナのことに苦言を呈(てい)し、諫(いさ)めようとしてくれた子達も。

けれどその言葉に耳を貸さず、公爵家という権力を振りかざしてフィオーリを虐(しいた)げさせたのがわたくしだ。

すべてわたくしの責任だったのに、なぜ、彼女達まで批判を受けなければならないのか。

社交界での評判が地に落ちたわたくしだけでは、友人達への噂(うわさ)をもみ消すことなどもうできなくて、お母様を頼った。

そのお陰で、表立って友人達が悪く言われることは減ったけれど、愚かなわたくしの行動が、友人達を不幸に陥(おとしい)れたのだ。

わたくしがいることでいつまでも噂が消え去ることがないこともわかっていた。

だからお母様の提案にわたくしは頷いたのだ。

リスルテア王国王都の城門が見えてくる。

ヴァンジラス王国よりも強固に見える城壁は、ぐるりと街を囲んでいるようだ。

「大きいわね」

「リスルテア王国は城壁都市ですからね」

城門をくぐり、馬車で進むとヴァンジラス王国とはまた違った街並みが色鮮やかだ。

呼び込みのチラシを配る者、露店を営む者、大道芸人もいて活気があり、見ていると自然と笑みが浮かんでくる。

バン伯爵夫妻の王都の別邸にはほどなくして着くだろう。

◇◇◇◇◇

バン伯爵夫妻の別邸は、王都の一番街にあり、リスルテア城にほど近い。

護衛騎士のゼーレとはここでお別れとなる。バン伯爵夫妻にお世話になるのは、わたくしと侍女のカーラだけだ。

バン伯爵邸では、夫人がいまかいまかと待ちわびてくれていたようで、訪れを告げるとユイリー夫人自ら出迎えてくれた。

「まぁまぁ、リディアナ。遠いところからよく来てくれたわねぇ。わたしを覚えているかしら」

「ええ、覚えております。ユイリー・バン伯爵夫人。このたびはわたくしを受け入れてくださり、ありがとうございます」

「いやだわ、そんな他人行儀な呼び方！　叔母様と呼んで頂戴」

ふふっと微笑む笑い方がお母様に似ている。色彩も似ているせいか、お母様と並んだら実の姉妹に見えそうだ。柔らかい金色の巻き毛を束ね、大きな青い瞳は優しさを浮かべている。

けれどユイリー・バン伯爵夫人はお母様の従妹であって、わたくしの叔母ではないのだが……呼ばれたいというなら呼ぶべきだろうか。

「では、お言葉に甘えて。ユイリー叔母様、本当にありがとうございます」

「ふふっ、えぇ、そう呼んでね。主人と息子はまだ仕事から戻らないから、わたしがお部屋に案内させて頂くわね」

確かバン伯爵は領地経営の傍ら王宮に仕官している。

息子も同じだろうか。

以前ユイリー叔母様にお会いした時には見かけなかったが、わたくしよりも年上だったはずだから、二十代の青年のはずだ。

「こちらよ。気に入って頂けるとよいのだけれど」

ユイリー叔母様に促されて、バン伯爵家のメイドが部屋を開けると、ぱっと視界が明るくなった。

正面の壁がすべて大きな硝子窓で、明るい日差しが差し込んでいる。白と水色で統一された家具は真新しく、テーブルの上に飾られた青い薔薇も瑞々しい。すべてがわたくしのために用意されたのだと一目でわかった。

「こんなに素敵なお部屋を、よろしいのですか？」

「えぇ、えぇ、もちろんよ！　気に入って頂けたみたいで嬉しいわ。わたしはずっと女の子が欲しかったの。だから娘ができたみたいで嬉しくて。数か月の短期間遊学だと聞いているけれど、リディアナさえよければ、もっと長くいてくれてかまわないの。我が家だと思って遠慮なく過ごしてね」

心底嬉しそうに微笑んで、ユイリー叔母様はメイド達にわたくしの過ごしやすいように整えるようにと指示を入れて去っていく。

メイド達の服装はカーラとよく似ていて、黒いワンピースに袖が二段のフリルになっている。違うのはメイドキャップぐらいだろうか。カーラは金色の髪をまとめてキャップの中に入れているのだが、バン伯爵家ではフリルのカチューシャが好まれているようだ。

「素敵なお部屋ですね。リディアナ様の好きな色ですよね」

カーラがレースをふんだんにあしらった水色のカーテンに触れる。

「そうね。お母様から聞いていらしたのだと思うわ」

ユイリー叔母様の好きな色はクリーム色だろう。以前お会いした時も、今日着ているドレスもそうだった。

バン伯爵家の色彩は基本的に落ち着いた色味でまとまっている。玄関や廊下に飾られている花も同じように淡い黄色い薔薇だ。

けれどわたくしの部屋だけは白と水色でまとめられ、青い薔薇が飾られている。レースが多いカーテンの色味は、今日のわたくしのドレスとよく似た色合いだ。レースが多いのも、わたくしが好むことをご存じだからだろう。この部屋がわたくしのために整えられていることは疑いようもない。

（こんなに歓迎されてしまうと、いたたまれないわね……）

歯に衣着せぬ物言いをするのならば、遊学とは名ばかりでわたくしは逃げてきたのだ。

ユイリー叔母様がどこまでご存じなのかはわからないが、こんな風に手放しで歓迎されてしまうと後ろめたいのも事実だ。

リスルテア王国にいる間、決してご迷惑をおかけすることのないように努めなければ。

「リディアナ様、夕食のお時間まではまだ時間がありますよね。お庭の散策などしてみませんか」

わたくしの荷物を一通り片付け終えたカーラが、窓の外を促す。

一階のこの部屋にはテラスがあり、窓を開けばそのまま庭に出て散策できるようだ。

長旅だったが幸いにして疲れはさほど感じていない。

少しぐらいなら、良いだろう。

頷くと、カーラが部屋の前に控えているバン家のメイド達に伝え、日傘を用意する。

「美しい庭園ですね。白と黄色の花が多くて」

「そうね。ユイリー叔母様の好みなのでしょうね」

規則正しく左右対称に植えられた花々と低木、敷き詰められた緑の芝生。その真ん中を通るように敷かれた石畳を、カーラと共に散策する。

薔薇のアーチをくぐると、大きな木の下にガーデンテーブルと椅子が置かれていた。

腰かけてみると、木漏れ日が差し込んで目を細める。

(マリーナとも、庭園でよくお茶をしたわね)

わたくしが淹れるお茶を飲みたいというから、メイドに頼まず自ら紅茶を淹れてあげたのはいつのことだったか。不慣れで零してしまったわたくしに、マリーナは気にしないと笑ってくれていたのに。

(……駄目ね。考えないようにしなくては。もう、あの子とのことは終わったことなのだから)

軽くかぶりを振り、立ち上がる。

その時、かさりと音がして、わたくしは振り返った。

「これはこれは、天使が二人も舞い降りていたとは！」

大仰(おおぎょう)な仕草の青年が芝居がかった口調で笑っているが、何事だろう。天使が二人、というのはわたくし達のことだろうか。

一瞬、眉を顰(ひそ)めそうになってしまい、わたくしは無表情を貫いた。カーラも眉を顰め、わたくしを庇うように前に進み出る。

そんなわたくし達に青年は意外そうに首を傾(かし)げた。

「……おや？　警戒させてしまったかな。僕を見るだけで女性は瞳を潤ませて頬を染めるものだけれど」

心底わからないといった仕草は、さっきの芝居がかった口調とは違い本気で思っているようだ。

確かに、整った顔立ちをしているようには思う。

柔らかそうな、少し癖のある金髪に、青い瞳。すっと通った鼻筋といい、女性に好まれる顔立ちだろう。

けれどゴルゾンドーラ公爵家で美男美女に囲まれていたわたくしにとっては、見慣れたものだ。

少し劣るといってもいいだろう。

わたくし達の無言の警戒をどう勘違いしたのか、青年ははっとしたように微笑んだ。

「ああ、そうか！　僕の顔に見惚(みほ)れてしまったんだね？　うんうん、仕方がないよね。でも大丈夫だよ。そんなに緊張しないで」

満面の笑顔で近づいてくるのが怖すぎる。わたくしはガーデンチェアから立ち上がり、一歩後ずさる。

「ここは、バン伯爵家の……」

「カーラ、いいわ」

そう、ここはバン伯爵家だ。

身元の不確かな人間が庭にふらっと立ち寄れる場所ではない。

ユイリー叔母様によく似た色彩ですぐに気づくべきだった。

「申し遅れました、バン伯爵子息。わたくしは本日よりこちらでお世話になるリディアナ・ゴルゾンドーラと申します」

カーテシーをすれば、相手もわたくしが誰だか理解したのだろう。

目を見開いて一瞬固まった。

「そ、そうか、貴方(あなた)がリディアナ様だね。僕は知っていると思うけれど、イグナルト・バン」

にこやかに名乗って頂いたけれど、いえ、まったく存じません。隣でカーラも困惑しているのがわかる。

なんだろう、この、世界中の人間が自分を知っていて当たり前であるかのような言動は。

不快感を出さないように、わたくしは微笑むだけで済ます。

瞬間、イグナルトの顔が赤く染まった。

「あぁ、いや、うん。僕としたことが……。そうだ。母上が今日には貴方が来るのだとそれはそれは楽しみにしていたんだよ。もう会ったかな」

ぐいぐいと距離を詰めてくるのは何なのかしら。

近い。

距離がとても、近い。

「えぇ、とても歓迎して頂き光栄ですわ」

顔が引きつらないように、それでいて失礼のない程度にまた一歩後ずさる。

もう肩が付きそうなぐらいの距離だ。

本当に何なのかしら。

「じゃあ、いこうか」

思わずどこへ、と言いかけた。自然な仕草で手を差し出してくるが、ここは庭であってパーティー会場ではないのだからエスコートは必要ない。

ない、のだが……。

(ここではっきり断るのも、顔を潰すことになるわよね)

あまり、というより少しも受けたくはないが、これからバン伯爵家でお世話になるのにイグナルトと不仲になるのは避けたほうがいいだろう。

仕方なく、わたくしは指先を少しだけイグナルトの差し出した手に乗せる。

「……っ!?」

瞬間、ぎゅっと握りしめられた。

悲鳴を上げずに済んだのは、公爵令嬢としての素養のお陰だろう。

手を握られながら、さっき通った道とは違う道を通って庭を進む。手を撫でまわされそうな雰囲気に庭を愛でる余裕もない。

「ずっとこのまま過ごせたらいいのにね」

あまやかな笑顔というべきなのだろうが、正直ぞわぞわする。

このまま過ごす?

手を繋いでいたいということ?

冗談じゃない。こちらは扇子で叩き落としたいのを我慢しているというのに。

「……そろそろディナーのお時間ですわね」

嫌悪感を隠して話題を変えるべく、わたくしはそう言ってみる。

「僕といるのに、夕食のほうを気にするの?」

だから何なの、その自信は。

眩暈がしてきたが、わたくしはお世話になる身。いわば居候だ。公爵令嬢たるもの、微笑みを浮かべてかわすことぐらい、どうということではない。

「長旅でしたから疲れてしまって」

早く部屋に戻りたいということを匂わせるのも忘れない。

「そういえば、隣国から今日着いたばかりだものね。僕としたことがうっかりしていたよ。あまりにも僕の天使が美しすぎたからね」

もう、心の中で反論する気力もなくなってしまいそう。

僕の天使とは、わたくしのことよね？

いつ、わたくしが、貴方のものになったというのか。

ちらりとカーラを見ると、必死に表情を取り繕ってはいるものの、『何を言ってるんだこの人は』とわたくしと同じことを思っているのが伝わってくる。

ユイリー叔母様はおっとりとしている方で、自画自賛するような方ではない。バン伯爵も以前お会いした時と変わらないなら、自意識過剰な方ではない。

だというのに、なぜ息子のイグナルトはここまで自惚れることができるのだろう。

一人息子だからだろうか。

兄弟姉妹と自分を比べることなく育つと過剰な自信が生まれるのか。

長旅で疲れている、と訴えているにもかかわらずわたくしの手を握ったまま庭をエスコートする彼には、こちらの困惑は一切伝わらないようだ。

結局、一時間近くも庭で自慢話を聞かされて、屋敷に戻った時にはもう、くたくただった。

玄関から戻ると、バン家のメイド達がイグナルトもいることに驚いている。

わたくしは自室のテラスから庭先に出たけれど、イグナルトにはそのことを伝えなかった。部屋まで案内されたくなかったし、庭から部屋に戻れることを知られたくなかった。

ここはバン伯爵家なのだから、息子のイグナルトはわたくしが言わずとも知っていそうだけれど、わざわざ確認するつもりはない。

その結果、玄関から戻ることになってしまったけれど、二人きりではない。カーラが側に控えている。

「庭先で、イグナルト様にお会いしましたの。庭園を案内して頂きましたわ」

ごく自然を装って、握られてしまっていた手をそっと放す。

偶然庭先で会っただけなのだ。

余計な誤解は生みたくない。

「偶然に感謝だね。僕は運命に出会えたのだから」

無駄に芝居がかった口調で言うイグナルトに、こめかみがピクリとする。

(本気で、殴りたくなってくるわね)

そんなことは実際にはしないけれど、初対面の女性に対してお世辞が過ぎるのではないだろうか。

「それじゃぁ、夕食を楽しみにしていて」

結局、わたくしの部屋までついてきて、手の甲にキスされかける。なんとなくそんな気がしてあらかじめ離れていたので自然な仕草でそれを避け、わたくしは部屋に逃げ込んだ。

「心中お察し申し上げます」

「……ありがとう」

イグナルトと別れた瞬間、長旅の疲れを上回る疲労感に襲われる。

眼鏡がずれ落ちそうなほどに疲れて表情の抜け落ちたカーラと、いまのわたくしは同じ表情を浮かべていることだろう。

バン伯爵家に来て二週間ほど経(た)った。

自室で紅茶を楽しんでいると、今日もユイリー叔母様がやってきた。

「リディアナちゃん、今日はドレスを仕立てましょう！」

いつの間にかちゃん付けで呼ばれるようになってしまったが、嫌な感じはしない。

それよりも……。

部屋の中をちらりと見る。

沢山(たくさん)のドレスに宝石、流行(はや)りの本に嗜好品(しこうひん)。

ないものがない、どころか日に日に増えていく。

そのすべてがわたくしのためであり、好みにそったものなのだ。

「ユイリー叔母様、ドレスは先週も仕立てて頂いたばかりですよね？」

娘ができたみたいで嬉しいというユイリー叔母様の言葉に嘘偽りはなく、バン伯爵家に来てから、毎日とても大事にして頂いている。

沢山の贈り物にバン伯爵家の経済事情が不安になるほどだ。

無駄に豪奢にせずに落ち着いた色彩でまとめられているのはユイリー叔母様のご趣味がいいからで、花瓶一つとっても高価なものであることはわかっている。

けれど実の娘でもないのに、あふれるほどの贈り物はいかがなものか。特にドレスなどは、パーティーにいく予定のないわたくしには必要がない。

「そうなのよ。だから今日は、普段使いのドレスなんかどうかしら」

にこにこと幸せそうな顔で微笑まれると、断りづらい。

ドレスも宝石も普段着も、公爵家を出る時に必要枚数分は持って来てある。

身一つで追い出されたわけではないのだ。

きちんと困ることのないように整えてもらっている。

だから、バン伯爵家に住まわせて頂いているだけで十分なのに、過度な愛情を注がれると戸惑ってしまう。

遊学に来たというのはあくまで方便ではあるが、このままでは放蕩になってしまいそうだ。

カーラにまでユイリー叔母様はワンピースを仕立ててくれているのだ。

わたくしとカーラは背格好といい金髪といい雰囲気がよく似ている。お揃いにしたらどうかしらと言われ、断り切れなかった。

「すでに十分によくして頂いているのです。これ以上ご迷惑をおかけするわけには……」

「リディアナちゃん！　迷惑だなんて思わないで？　もっと頼って頂戴」

(……あぁ、また、断れそうもないわね)

やんわりとお断りを口にするのだが、上手くいかない。こんなにも構われたことがないのだ。

お母様にもお父様にも娘として大切にされていたけれど、ここまでではなかったから。

「ですが、特に出かける用事もないのですし」

パーティーもだが、まだリスルテア王国に来てから日が浅い。友人もいないので、会いにいく用事もない。

(そういえば、アレクの店があるのよね)

友人とは違うが、そろそろ一度お礼を兼ねてお邪魔したいところではある。

「それなら、一緒に劇を観にいくのはどうかしら」

「観劇ですか」

「そう。タイバス劇場は知っていて？」

「名前だけでしたら」

アレクが言っていた劇場だろう。確か王都の三番街だ。

「ええ、有名ですものね。いまの演目は何だったかしら？　いつも人気の劇団がいまは来ているそうなの。リディアナちゃんもきっと楽しめると思うわ。側にはタルトが美味しい喫茶店もあるの。リディアナちゃんはベリーのタルトが好きでしょう？」

この二週間で、わたくしの食事の好みも把握されていたようだ。特に好きだと言ったことはないのだが、ベリーのタルトはわたくしが一番好きな菓子だ。本当によく見てくれている。

「すぐにチケットを手配するわ。だから今日は、ドレスを仕立ててしまいましょうね」

おっとりとしているのに、メイド達に指示するのは素早い。

あれよあれよという間に仕立て屋が飛んできて、普段使いのドレスを仕立てることになってしまった。

ユイリー叔母様は、「瞳と同じ色の碧色のドレスも綺麗だけれど、赤いドレスも金髪に映えて美しいわ。リディアナちゃんは本当に綺麗だから、どれもこれもすべて似合ってしまうわね」と言いながら、真剣な表情で何着ものドレスをわたくしの身体にあてている。

実際に作るのは布からだが、すでに完成しているドレスで色合いを見るのはデザイン画を見るよりも想像しやすくてよい。

「ねぇ、リディアナちゃんはどちらの色が好きかしら」

最終的に、ユイリー叔母様は二着のドレスを気に入ったようだ。どちらも白を基調としていて、差し色が碧いドレスと、赤いドレス。デザインも似ているのは、わたくしの好みに寄せた結果だろう。

「これはこれは、僕の天使にはどちらも似合いそうですね」

突然割って入ってきた声に、わたくしは思わず眉を顰めそうになる。

イグナルトがそんなわたくしには気づかずに、ずけずけと近づいてきた。

まだ日が高い時間だが、今日は随分と早く王城から戻ってきたらしい。

「あらあら、イグナルト。今日は早かったのねぇ」

「僕の天使と過ごしたくて早めに戻りました」

「そうなの？　でもねぇ、ノックもなしに入ってきては駄目よ？　リディアナちゃんが着替えていたら、大変なことになってしまうわ」

「その時は僕が責任をもって妻に迎えますよ。ねぇ？」

当然のようにこちらに同意を求めてこないで欲しい。貴族らしい微笑みで可とも不可とも答えずに、わたくしは二着のドレスに視線を戻す。

すると、イグナルトがぴたりと寄り添ってきた。

とてつもなく距離が近い。

「僕の天使には僕の瞳の色と同じこちらの碧いドレスがいいんじゃないかな」

イグナルトの瞳は青く、緑がかった碧い色のドレスは色味が違うのだが、青系ならよいのだろうか。

「イグナルトもそう思う？　でもこちらの赤いドレスも捨て難いのよねぇ」

「赤は……あまり良いとは思えませんね」

（おや？）

終始自信満々な笑みを浮かべていたイグナルトの表情が一瞬歪んだ。そんなに赤いドレスが嫌なのだろうか。

「ユイリー叔母様がこちらのドレスを気に入ってくださったのなら、わたくしは碧いドレスを着ます」

ここで赤を選ぶのは良くないだろう。けれどイグナルトの好みに合わせたと思われても困る。ただでさえ、彼は妙に距離が近いのだ。イグナルトではなくユイリー叔母様に合わせたということを強調させてもらう。

「そうね、リディアナちゃんには碧がとても似合うわ。ねぇ、貴方、こちらのドレスをこのデザインで急ぎ仕立てて頂戴。そうね、フリルは袖の部分を多めに、ほかは抑えめでもいいわ。裾にレースをあしらうのを忘れないでね」

ユイリー叔母様は仕立て屋にてきぱきと指示を飛ばす。

ドレスが届く頃には観劇のチケットも取れているのだろう。観劇の後に、アレクの店にも寄らせてもらえるか聞こう。

（どうして、こうなったのかしらね？）

イグナルトと共にバン伯爵家の馬車に揺られながら、わたくしは苛立(いらだ)ちが漏れ出ないように必死に微笑みを浮かべ続ける。

「いやぁ、僕の休日と丁度合ってよかったよ」

わたくしの隣にぴったりと座って、イグナルトは上機嫌だ。その分、わたくしの機嫌は下がっている。

本来なら、わたくしとユイリー叔母様で見にいくはずだった劇は、急遽(きゅうきょ)叔母様に入ったお茶会のお誘いで変更になった。

上位貴族のお誘いは断れない。

侯爵家からのお茶会の日程が、丁度今日だったのだ。

ユイリー叔母様は取ってしまったチケットは別の方に譲り、また改めて取りなおそうとしていた。

けれどイグナルトが「僕がエスコートするよ」と無駄に名乗り出てしまい、断ることもできずにこうなってしまったのだ。

向かいの席に座ってほしいのだが、イグナルトは当たり前のように隣に座ってしまったので、溜め息をつきそうになる。

家族でも婚約者でもない異性の隣に座るのは、マナー違反ではないのだろうか。

正直失礼な態度になるのだが、わたくしは彼とは視線を合わせずに過ごす。

自分の容姿に絶対的な自信を持っている彼は、わたくしが彼を見ないのは、その美貌が眩しいせいだと思っているらしい。リスルテア王国の美的感覚と、わたくしの感覚が大きく違っているのだろうか。

考えても仕方のないことからは目をそらし、わたくしは馬車の外を眺める。

(アレクの店は、どんな店かしら)

名刺を見る限り、宝飾店のようだ。大通りに立ち並ぶ店はどれも豪華で、けれど宝飾店は見当たらない。

甘い香りが漂ってくるのは、ユイリー叔母様が話していたタルトの美味しい喫茶店だろうか。

「さぁ、僕の天使。お手をどうぞ」

馬車がゆっくりと停車すると、待ってましたとばかりにイグナルトが先に降りて手を差し出してくる。

「リディアナとお呼びくださいとお願いしたはずですが」

何度目かわからない言葉を口にする。

なぜ僕の天使などと自分の所有物のように扱うのか。家の中でも嫌だが、外でも同じように呼ばれるのはたまらない。

「何かおかしいかな。女性は皆、僕の天使だよ」

嘘おっしゃい、と即座に扇子で叩き落とさなかったわたくしを、自分で褒(ほ)めたい。

笑みを張り付けて、わたくしはイグナルトにエスコートされながらタイバス劇場に入る。

ユイリー叔母様はとても良い席を取ってくれたようだ。

一階席中段通路側の席は、舞台を正面から見れてなおかつ全体を見やすい。

イグナルトと来ることになってしまったのは残念だが、観劇自体はとても楽しみにしていた。

席についても離してもらえない手をそっと引き抜きたいのだが、諦(あきら)める。

(隣にいるのは置物。そう、よくしゃべるただの置物よ)

べらべらと自慢話が多いイグナルトも、劇が始まれば大人(おとな)しくなるだろう。

舞台の幕が上がる。

貴族にも引けを取らない美貌の女優と俳優が舞台に登場すると、わっと歓声が上がる。

豪奢な美女は、奇(く)しくもわたくしと同じ公爵令嬢役のようだ。

そして隣の俳優は公爵令息。

二人は婚約者同士で仲睦(むつ)まじいが、だんだんと雲行きが怪しくなってくる。

『どうして、どうしてなのですか！　わたくしの何がご不満なのですか……っ』

『君に不満など何もないよ。ただ、私は真実の愛を知ってしまったんだ……』

公爵令息の隣には、彼が愛する可愛らしい女優が寄り添っている。

大粒の涙を流し、美貌の女優が舞台の上で崩れ落ちた。

素晴らしい演技に観客の中には女優と共に涙するものも出てくるが、わたくしの頭には少しも内容が入ってこなくなっている。

(よりにもよって、貴族の婚約破棄物語だなんて)

ユイリー叔母様は知っていたのだろうか。

いや、ないだろう。

あれほどいろいろ気遣ってくれていたのだから。人気の公演チケットを取ったものの、内容までは確認していなかったに違いない。

わたくしはそっと手首のブレスレットに触れる。

碧と青の宝石で作られたそれは、元婚約者のレンブルク様から贈られたものだ。

わたくしの碧い瞳と、レンブルク様の青い瞳を模して、よく似た色合いの石が選ばれている。

いつも身に着けていたから、婚約を破棄された後もつい、身に着けてしまっていた。

こんな婚約破棄の劇を観せられてしまっては、嫌でもレンブルク様のことが思い起こされてしまう。

きっといま頃は、愛するセルシィと幸せに暮らしているというのに。

イグナルトが珍しく自信満々な表情ではなく、心配げにこちらをちらちらと見ている。

ユイリー叔母様から、詳細（しょうさい）とまではいかなくとも、婚約破棄の件は聞いていたのかもしれない。

もうあまり観たくはないが、席を立つわけにもいかず最後まで観ていると、婚約破棄された公爵令嬢にも運命の相手が現れて、理不尽な婚約破棄を突き付けた公爵令息も、その浮気相手も、皆で幸せに暮らせるようになる。

観客は皆、盛大な拍手で褒め称（たた）え、舞台は幕を閉じた。

けれどわたくしは白けた気持ちになってしまった。

（あんまりな物語ね）

そんなに簡単に割り切れるものではないでしょうと思う。

憎しみも悲しみもすべて許して裏切った者達の幸せをも願い、自らも幸せになるだなんてあり得ない。所詮（しょせん）は作られた物語ということか。

けれどイグナルトは、幸福な結末だったことに気を良くしたらしい。

「婚約破棄は辛いことだけれど、この劇のように運命の相手はすぐ側にいるからね」

無意味にわたくしの手を取り握りしめて、距離を詰めてくるのが鬱陶（うっとう）しい。気遣われているのはわかるが、喜ぶことはできない。

「お気遣いありがとうございます。わたくしは何も問題ございませんから」

言いながら、握りしめられた手をそっと外す。

イグナルトも状況的にしつこく手を握ろうとはしてこずに、そっと手を添えるエスコートに切り替えた。

「……このっ、泥棒猫！」

タイバス劇場を二人で出た途端、鋭い声が辺りに響いた。

驚いて声のしたほうを振り向くと、赤いドレスを身にまとった黒髪の美女がこちらを睨み付けている。

思わず後ろを振り向くが、背後には誰もいなかった。

美しい黒髪を後頭部できっちりとまとめた美女は、深紅の瞳に強い怒りを浮かべ、眉間に皺を寄せてわたくしに敵意をみなぎらせている。だが面識がない。

瞳の色に合う深紅のドレスを着ていることから貴族令嬢なのはわかるが、リスルテア王国にわたくしはこれまで来たことなどないのだ。

「ジェ、ジェレミィ。どうして、君がここへ……？」

イグナルトが震える声で問いかける。

明らかに後ろめたそうな声を聞いて、わたくしも理解する。目の前のジェレミィという女性は、イグナルトの関係者だろう。

それも、深い関係の。

「わたしがなぜここへ、ですって？　貴方に会いに王城へいったら、今日は休みを取っていると言われたのよ。劇を観にいくのだと。同僚の方は婚約者であるわたしと観にいくと思っていたのでしょうね。わたしの訪れにとても驚いていたわ。でもわたしは誘われていない」

ジェレミィはイグナルトに答えながらも、目は真っ直ぐにわたくしに向けてそらさない。

面倒ね。

わたくしはぱちりと扇子を開く。

「初めまして。わたくしはリディアナ・ゴルゾンドーラ。先日から『親戚の』バン伯爵夫妻にお世話になっておりますの」

にこりと微笑みを浮かべて自分の立場を明らかにする。ただの遠縁だ。イグナルトとの仲を疑われたくもない。

「お、同じ家に、住んでいるというの……っ！」

険しい表情がより一層憤怒に染まる。

愚かなのかしら。貴族令嬢がここまで感情のままに表情を出すだなんて。

それになにより親戚であって疚しい関係ではないと明言しているのに。

「ふざけないでっ！」

感情のままに突っ込んできたジェレミィをかわし、すっと足を出す。

派手に躓いて彼女は道端に倒れ込んだ。

タイバス劇場から出てきたほかの観客達も何事かと集まりだし、イグナルトはおろおろするばかり。

「あらあら、急に転ばれて大丈夫かしら。お手をどうぞ？」

何事もなかったかのようにわたくしはジェレミィに手を差し伸べる。当然、親切からではない。

ジェレミィは彼女なら当然するだろうと思える行動——すなわち、わたくしの手を振り払い、そのまま握りしめていた扇子でわたくしの頬を叩いた。

パンッと強い音が周囲に響き渡る。

（わかってはいたけれど、容赦ないわね）

頬がじんじんと痛む。だがこれでいい。

伯爵家のイグナルトの婚約者なのだ。同じ伯爵家か、下位令嬢だろう。

この様子からして侯爵家以上というのはあり得ない。もしその場合は体面を気にするイグナルトがもっと彼女を人前でだけでも大切にするだろうから。

「ジェレミィ！　君はなんてことをするんだ。リディアナ様は隣国の公爵令嬢だぞ！　伯爵令嬢でしかない君なんかが手を上げるだなんて！」

「え……っ」

イグナルトに怒鳴られたジェレミィが目を見開いて絶句している。

えぇ、そう。

わたくしは隣国のとはいえ公爵令嬢だ。下位令嬢が上位貴族に手を上げるなどもってのほか。しかもこんな大勢の目撃者の前でだ。

彼女の両親の耳に入れば、当分はわたくしに近づいては来ないだろう。

少なくとも、バン伯爵家に乗り込んでくるような愚行には踏み込めないはずだ。だからこそ、彼女にわざと手を上げさせたのだ。ユイリー叔母様を悲しませたくはない。

それにしても……。

(イグナルトも随分な人ね)

自分の婚約者を庇うよりも、怒鳴りつけて自分は無関係を装おうとするなんて。

どさくさに紛(まぎ)れてわたくしの肩を抱いているのも許し難い。「大丈夫かい？」と尋ねてくるけれど、その言葉は婚約者へこそかけるべき言葉でしょうに。

「あぁ、そんな……」

わたくしに寄り添うイグナルトを見て、ジェレミィは絶望の声を上げる。

　彼女の嫉妬に濁った瞳には、寄り添う恋人達にでも見えているのだろう。冗談ではない。

「イグナルト様はお優しいから、ただの親戚であるわたくしにも親切ですわね。ですがそのように振る舞われると、あらぬ誤解を周囲に与えてしまいますわよ。そう、大切な婚約者を蔑ろにして、まるで新しい恋人を得ているかのように」

　暗に浮気しているように見えますわよと言い切れば、イグナルトはわかりやすいほどぱっとわたくしから離れた。それはそうだろう。バン伯爵家の跡取り息子が正式な婚約解消の手続きもせずに公の場で浮気などと噂されれば、家の傷になりかねない。

「そんなまさか、浮気だなんて！　僕はバン伯爵家の大切な客人であるリディアナ様が傷つけられたからっ」

「えぇ、存じておりますわ。イグナルト様の愛する婚約者が、わたくしを誤解で害してしまったのですもの。どちらのことも心配されるのは当然のことですわね。ですが御覧の通り、わたくしは特に傷ついてはおりませんわ」

　彼女の持っている扇子は繊細なレース編みで豪華だが、こちらを傷つけるほどの強度は持っていない。それも見越して叩かれた。だからわたくしの頬は赤くはなっているだろうが、傷はついていないのだ。

　周囲に集まっていた人々も、修羅場ではなくただの誤解でおさまりそうな気配につまらなそうに去り始める。

「お、覚えておきなさい！」

よろよろと立ち上がったジェレミィは、騒ぎを聞きつけて駆け付けた侍女に手を引かれ、それでもわたくしを睨み付けて去っていく。

随分と激しい気性のようだ。

「追いかけて差し上げたほうがよろしいのではなくて？」

何を考えているのか、わたくしをエスコートしようとするイグナルトにそう告げる。

あれほど誤解させたのだ。

すぐに追いかけて機嫌を取らなければ、バン伯爵家の有責で婚約破棄になりかねないでしょうに。

そういった噂にはならないように振る舞ったが、婚約者でもないわたくしと二人でイグナルトが観劇に来てしまったのは事実だ。

ユイリー叔母様も教えてくれればよかったのだ。イグナルトには婚約者がいると。

ヴァンジラス王国では貴族であるなら幼い頃から婚約者がいることも普通であったが、ここリスルテア王国はそうではない。

だから、イグナルトに婚約者がいるのかどうか確認しなかった。

わたくしへの馴れ馴れしさからもいないのであろうと思い込んでいた。これは確認を怠ったわたくしの落ち度でもある。

だからこそ、これ以上の失態は犯したくない。

「いや、追いかけてしまうと余計調子に乗ってしまうからね。彼女はどうも、昔から僕への執着が強すぎるんだよ。僕の隣に並ぶには、少々見劣りしてしまうことが不安なのだろうね」

本気でそう思っている声色に、わたくしは開いた口が塞がらなくなりそうになる。

扇子があって良かった。そうでなければ、貴族令嬢らしからぬ間抜け顔を晒してしまうところだった。

少々見劣りする？

それは誰のことを言っているのだろう。

ジェレミィは誰が見ても美しい女性ではないだろうか。険しい表情を浮かべてはいたが、艶やかな黒髪と深紅の瞳は印象的で魅力的だ。

少しばかり整った顔立ちをしているだけのイグナルトと並んでも見劣りするどころか、皆は彼女に目を奪われるのではないだろうか。

「ほら、彼女は陰気臭いだろう？　あの重苦しい黒い髪！　彼女の両親は輝くばかりの金髪だというのに、彼女だけは違っていてね。彼女のお婆様が黒髪なんだ。何度か僕もお会いしているけれど、顔立ちもよく似ているんだよ」

「それは、相当愛されたでしょうね」

「まさか！　黒髪なんて愛されるわけがない。家族には愛されているようだけれど、僕に必要なのは僕と同じ金髪の天使だよ。だから君は彼女のことなんか気にせずに、僕といままで通り過ごそう」

笑顔で言いきられて、わたくしは扇子の内側でぎりっと奥歯を噛みしめる。

重苦しい黒髪というのは、彼女の前でも言っているのだろうか。きちんと一つにまとめられた髪は理知的で近寄り難い印象を与えはするが、否定されるようなものではない。

イグナルトにとって、婚約者とは自分をいかに引き立てるかという道具に過ぎないらしい。お世話になっているバン伯爵家の跡取りでさえなかったら、いますぐ扇子で殴って跪（ひざまず）かせたい。

決してできないその行動を心の中で繰り返し、わたくしはしぶしぶ差し出された手を取りエスコートさせる。

すぐには馬車に戻らずに、ユイリー叔母様が勧めてくれていた喫茶店へ寄るらしい。

（美味しいタルトは、心惹（ひ）かれるわ）

くさくさした気持ちになっていたが、美味しいものは好きだ。それがベリーのタルトであるのならなおのこと。

「ユイリー叔母様もタルトを楽しみにしていらしたわ。伯爵家の皆に買って帰りましょう」

「え、あー、食べてはいかないの？」

わたくしと食事をしたかったのであろうイグナルトが、あからさまに落胆する。

さっきの騒ぎをもう忘れてしまったのだろうか。

こんな人の多い喫茶店で二人で食事などをすれば、どんな噂を立てられるか想像できないのかしら。

「僕と二人きりで食事ができるんだよ？」

二人きりではない。周囲には多くの人がいる。

けれどはっきり断ってもこの男は理解できそうにない。

「わたくしはバン伯爵家の庭園がとても気に入っておりますの。あの庭でゆっくりと味わいたく思います」

「あぁ、そうだね。僕と出会った場所だからね」

自分の都合の良いように受け取ったイグナルトは、さして抵抗せずに喫茶店で食べることはせずに、店長を呼びつけて伯爵家へタルトを届けるよう命じていた。

そんなことをせずとも、この店はタルトの販売をしているのだから、ここで買って帰ればいいだけなのだが。

貴族の理不尽には慣れているのか、店長はてきぱきと応じてそつがない。あとでカーラにお願いしてお詫びを届けておこう。

（アレクの店は、ここから近いはずだけれど……）

隣のイグナルトをちらりと見る。

王都の大通りに店を構える喫茶店ならば、運営しているのは貴族か大商人であるとわかるはずなのにこの態度だ。

アレクの店に連れていったら、同じように失礼な対応を平気でしそうだ。それは避けたい。せっかく店の側まで来たというのに立ち寄れないのは残念だが、次の機会に回そう。

そんなことを思いながら、エスコートするイグナルトが何か話しているのを適当に聞き流していたせいだろうか。

ふいに、ドンッと強い衝撃が身体に走り、わたくしはよろけて道路に飛び出してしまった。

瞬間、道路を走っていた馬車の馬が驚いて前足を上げる。

避けようと思っても、身体がすくんで動かない！

時間が止まるかのように、ゆっくりと蹄がわたくしに降りてくる。世界が灰色に染まり、すべての音が消え失せて動けない。

「リディアナ！」

咄嗟に顔を両手で庇った瞬間、誰かに抱きしめられた。

すべての生き物がゆっくりと動く灰色の世界の中で、その人だけは上空から獲物を狙う鷹のような鋭い動きでわたくしを抱え、道路脇に飛ぶ。

瞬間、世界が動き出した。

ざわざわとした雑踏と、馬の嘶きが響き、灰色の視界に色が戻ってくる。

「怪我は!?」

強くわたくしを抱きしめていた人が問いかけてきた。

そうだ、わたくしは、誰かに助けられた。

抱きしめられている腕の中から恐る恐る顔を上げると、見知った顔がそこにはあった。

会いたかった彼だ。

「貴方、どうして……」

「また会ったな。大丈夫か？」

人好きのする笑顔で笑うのは、アレクだ。シャツ越しに鍛え上げられた身体を感じて心臓が鼓動を早める。

金色の瞳が心配げにわたくしを至近距離で見つめていて、目が離せない。

（赤くなっていたりはしないかしら）

もし顔が赤くとも、助かったからだとごまかせればいい。

「大変申し訳ございませんっ！」

馬車から御者が降りてきて、わたくし達に必死に詫びる。

むしろ詫びるのはこちらの方だ。

故意ではないけれど、急に道路に飛び出してしまったのだから。

「いえ、こちらこそ、突然驚かせてしまってごめんなさいね」

立ち上がろうとしたが足に力が入らず、アレクに支えられて何とか立ち上がる。鍛え上げられた腕はたくましく、よろけてしまうわたくしを抱き留めてくれる。

互いの体温を感じるほどに近く、わたくしは胸の動悸を知られそうで、恥ずかしい。けれど離れ難く感じてしまう。助けられたからだろうか。

ふいに、それまで呆然としていたイグナルトが、何を思ったかアレクを睨み付けた。

「おい、貴様！　彼女が怪我をしていたらどうしてくれるんだ！」

いまにも掴みかかりそうな勢いだ。

わたくしはアレクを背に庇うためにイグナルトと向き合おうと振り返るが、まだ足に力が戻らない。そんなわたくしを、アレクは大丈夫だとでもいうように、支える腕にぐっと力を込めてくれた。

理不尽なイグナルトからアレクを守りたいのに、こんな風にされてしまっては、胸に広がる安堵感を抑えきれない。

胸の動悸は少しも治まることがないが、イグナルトを止めなくては。

なぜわたくしが怪我をしていたらなどという理不尽なことを？

むしろアレクがいなかったらわたくしは馬車に轢かれていたに違いなく、その場合怪我どころでは済まなかったはずだ。

「怪我だなどと何を言っているの？　貴方も見ていたでしょう。彼がわたくしを助けてくれたのです」

わたくしの恩人に、イグナルトはなぜ詰め寄ろうとするのか。

おろおろとしている馬車の御者には目配せを送り、この場を去らせる。このままここにいては、イグナルトが何を言い出すかわからない。

悪いのは、突然道路に飛び出してしまったわたくしだ。

「こんな平民風情がいなくとも、僕が君を助けられたんだ。君は僕に感謝するべきだ」

意味がわからない。

わたくしは足がすくんで一歩も動けなかったが、それはイグナルトも同じだったはず。誰もが動けなかった。そのことを責めるつもりはない。突然だったのだから。

けれどアレクに対してこの見下すような態度は許せない。

「はっきり言わせて頂きますわ。彼がいなかったらいま頃わたくしは馬に蹴られて道路に横たわっていたことでしょう。あの至近距離ですもの。命があったかどうかさえ危ぶまれますわ。ですが彼が勇気をもってわたくしを庇ってくださったからこそ、こうしてかすり傷一つなくわたくしはいられるのです。恩人に平民も貴族も関係ありません。言いがかりをつけるのはやめて頂きたいわ」

「い、言いがかりじゃ……」

「言いがかりでなければ、何だというのです？　あぁ、暴言ですか」

「ぼ、暴言って、僕は貴族で、そいつは平民だ！」

「あら、それならわたくしは公爵令嬢ですわね」

「……っ」

暗に伯爵家が公爵家にものを申すのかと問えば、イグナルトは言葉に詰まった。

普段はいい。

わたくしはバン伯爵家にお世話になっている客人なのだから。

だが、馬車の故障を直してくれたことといい、いま轢かれるのを助けてくれたことといい、二度もわたくしを救ってくれたアレクへのこの態度は度し難い。

「彼は、わたくしの恩人です。彼に対する対応は、それはつまり、公爵令嬢の恩人をバン伯爵家が蔑ろにした、ということになりかねないわ。二度とこんな横暴をなさらないで」

イグナルトを貶めるのは簡単だ。

だが、これからもバン伯爵家でお世話になるのにそれは下策。なにより、ユイリー叔母様がどれほど心配するかわからない。

だから論点をすり替える。

イグナルトの行動は伯爵家の行動となると。

「あ、あぁ、そうか、そうだな……。すまなかった……」

激高していたイグナルトは、少し冷静さを取り戻したらしい。困惑しながらもアレクに詫びの言葉を口にした。

これでもう、後日アレクを探し出して何かしたりはしないだろう。

伯爵家子息という立場をためらいもなく使えるイグナルトだから、警戒してしまう。

「偶然居合わせただけのことですから、お気になさらず。突然の出来事に動揺しておられたのでしょう」

にこりと笑って、アレクも大人の対応で済ませる。さすがは商人といったところか。

こんな理不尽な態度の貴族には慣れているのかもしれない。

いつの間にか、力の入らなかった足はしっかりと自分で立てるようになっていた。

アレクも気づいたようで、わたくしを支えていた手を離す。

……それを少し寂しいと思ってしまったのは、何故だろうか。

「それじゃあ、また。気をつけてな！」

「貴方もお気をつけて」

立ち去るアレクに会釈して、少しばかり落ち込んで大人しくなったイグナルトと共にバン伯爵家への帰路についた。

「まぁ、ジェレミィと会ってしまったの？　まぁまぁ、大変だったでしょう！」

夕食の席で、ユイリー叔母様は大きく目を見開く。

できれば黙っていたかったのだが、イグナルトが話してしまった。

溜め息をつきたくなるのを微笑みで抑える。

（劇の感想を聞かれてしまうよりは良かったのでしょうけれど）

何せ内容が内容である。

公爵令息から公爵令嬢への婚約破棄。

わたくしの事情を知るユイリー叔母様が聞いたら、確実に落ち込んでしまうだろう。

「よりにもよって、あいつは、僕の天使を扇子で殴ったんです。思わず殴り返してやりたくなりました」

「イグナルトったらなんてことを言うの。ジェレミィはとても才能にあふれる子なのだけれど、少しばかり悋気が強いのが困りものね。リディアナちゃん、怪我はなかったのかしら」

「ええ、叩かれたといっても、レースの扇子です。さしたる痛みもございませんでしたわ」

これは少し嘘。

レースの扇子とはいえ骨部分は木で作られている。力いっぱい叩かれればそれなりに痛い。

「前々から言っていますが、彼女は僕の婚約者として相応しくありませんよ」

「まぁ！　イグナルトは口を慎みなさい。よいこと？　お前は領地経営が苦手でしょう。文官として王宮に勤めてはいるけれど、本来ならいま頃はお父様と共に領地の経営をするのですよ。それなのに貴方ときたら、帳簿もまともに見ることができないでしょう」

「人には向き不向きというものがあります。帳簿はできる人間にやらせればいいんです。現に父上だって帳簿は執事のロンダルクに任せているじゃないですか」

「理解して任せるのと、まったく理解せずに押し付けるのは意味が違ってくるのですよ。何もわからないそんな貴方を決して裏切らずに支えきれる女性はジェレミィ以外にあり得ません。何度も言っているでしょう。もしどうしても婚約者を代えたいというのなら、まずは貴方が婚約者に頼らずとも一人で領地経営をこなせる実力をつけなさい」

どうやらイグナルトは思った以上に仕事ができないらしい。

バン伯爵とは一度きりしか顔を合わせていないのだが、その理由がいまはっきりとわかった。イグナルトが仕事ができないせいで激務なのだろう。

深夜にバン伯爵邸に戻り、朝早く仕事に出ていく。

そしてジェレミィは意外なことに実力の無いイグナルトを支えるべく、本来婚約者として身に付けなくともよい知識までも身に付けた才女らしい。

帳簿をまともに見られないのなら、不正されてもわからないということだ。この分だとイグナルトが領主となった場合、帳簿を見ることさえしないだろう。

なるほど、ユイリー叔母様の目は正しい。

イグナルトへの想いは本物だろう。

多少悋気が強くとも、むしろ人目もはばからずあれほどの怒りを見せるジェレミィだ。

彼女なら、イグナルトがお飾りの領主となろうとも、下位の者の行動に目を光らせ、イグナルトが不利益を被(こうむ)らないように手配するだろう。

「そうだ！　僕の天使たるリディアナ様も帳簿なら見られるのではないですか」

ユイリー叔母様に叱(しか)られてしょんぼりしていたイグナルトが、名案とばかりに顔を輝かす。

何を言い出すのだこの人は。

『僕の天使たるリディアナ』？

いつ誰が貴方のものになったのか問い詰めたい。ユイリー叔母様の前でそんなことはしないが心底不快だ。

帳簿の確認をできるかできないかで言えばできる。

当たり前だ。

レンブルク様の妻としてラジェスタ公爵家に嫁ぐはずだったのだから。彼には兄がいたから、伯爵位をもらってその領地を治める予定だった。

「……不才な身では、わかりかねますわね」

だがいま目の前のイグナルトが何を考えているかなど手に取るようにわかるからこそ、そう嘯(うそぶ)けば、あからさまにがっかりと肩を落とした。

正直にできると話して無駄な騒動を起こす気はない。

わたくしが学んだのは、レンブルク様と共に領地を盛り立てていくためだ。

そっと、手首に触れ――。

（……っ!?）

いつもの感触がない。

すっと目線を走らせれば、そこにあるはずのブレスレットがなくなっている。

碧と青の石が飾られたブレスレットは、いつも身に着けていて、今日も出かける時に身に着けていた。

（落とした？　いつ？）

わからない。

動揺を顔に出さないように努め、わたくしは夕食を終えるとすぐに自室を探してみる。

だが見つからない。

「リディアナ様、わたしがいまから街を探してきましょうか」

さりげなく廊下や食堂を探して戻って来てくれたカーラが、必死なわたくしにそう提案してくる。

「カーラ、それは難しいわ。それに今日はもう遅いし、夜に街へ出るのは危険だわ」

ありがたいけれど、それは許可できない。

いくら治安のよい王都とはいえ、夜は危険が伴う。女性がむやみに出歩くものではないし、暗い中で華奢(きゃしゃ)なブレスレットが見つかるとも思えない。

「ですが……」

「いいのよ、カーラ。なんとなく、持ってきてしまっていただけなのだし。それにあれは、もうわたくしには必要のないものでしょう」

そう、本当ならもう必要のないものだ。

わたくしはレンブルク様の婚約者ではなくなったのだから。

本当に街に探しに出てしまいそうなカーラをなだめて、そろそろ休まなくてはと思った時、部屋のドアがノックされた。

誰だろう。

「リディアナ様、まだ起きていらっしゃいますでしょうか」

この声は執事のロンダルクだ。

「起きているわ。少し待って頂戴」

わたくしがショールを羽織るとカーラがドアを開ける。

「どうかしたのかしら」

「こちらをリディアナ様に。コールケインからのお届け物です」

「コールケイン……？　あっ」

アレクの店からだ。

ロンダルクから小さな小包を手渡される。

なんだろう。

ドアを閉め、椅子に腰かけてどきどきと小包を開く。

小包の中には赤い小箱が入っていて、金の文字でコールケインという店名がお洒落(しゃれ)に刻まれている。リボンを解いて中を開ければ、そこには探していたものが収められていた。

「わぁっ、ブレスレット！」

カーラが歓声を上げる。

「どうしてこれを彼が？」

小箱の中には手紙とブレスレットが二個入っていた。

一つは、金の華奢な鎖に赤い宝石があしらわれた一目で高価なものだとわかるブレスレットだ。

そしてもう一つは、わたくしがなくしたブレスレットだ。

碧と青の石は見間違えようもない。

手紙を開いてみると、なくしたと思っていたブレスレットは、道路に飛び出してしまった時に盗(と)られていたらしい。ドンとぶつかられたのは、盗った後そのまま逃げるためなのか。

たまたまアレクが見ていた偶然に感謝だが、わたくしを助けた後に盗った相手をどうやって見つけ出したのだろう。

商人の情報網だろうか。

手紙を読み進めると盗られたブレスレットは質屋に持ち込まれたらしい。

アレクの方から事前に王都のおもだった質屋に連絡を入れて、情報を待っていたようだ。

遅い時間だがすぐに届けてくれたのは、探しているだろうわたくしへの気遣いからだろう。

正直、見つからなかったら、今夜は眠れそうになかった。

「えっ」

手紙を読み進めるうちに、わたくしは変な声を上げてしまった。

カーラが心配そうにする。

「あぁ、いえ、変なことではないのよ。ただ……」

「ただ？」

「あの、あのね。アレクが、わたくしと、出かけないか、と……」

「それってデートのお誘いですよね？　おめでとうございます！」

「待って、まだ受けると決まったわけではないわ」

「でもリディアナ様、とても嬉しそうですよ？」

自分でもわかっている。

きっと顔はとても赤く染まってしまっていることだろう。

「この赤い石のついたブレスレットを着けて来て欲しいと」

「アレクさんのお店の商品ですよね。金の鎖がなんだかアレクさんの瞳の色のようです。きっと、リディアナ様に自分の色を身に着けて欲しいんですよ」

「そ、そうかしら」

「そうですよ！　それに赤い石もリディアナ様の金髪によく映えると思います」

自信満々にカーラに言い切られると、なんだかそんな気が本当にしてきてしまう。

金の鎖は装飾品によく使われるものだ。過度に期待してはいけない。

（期待？　わたくしは、期待しているの？）

会って間もないというのに、彼はどうにもわたくしの心を乱す存在のようだ。

猛禽類（もうきんるい）のような鋭い金色の瞳を思い出すと、冷静ではいられない。

どきどきと煩（うるさ）い胸をそっと押さえ、頭を振る。

「いいえ、駄目だわ。アレクに迷惑がかかるでしょう」

「なぜですか？　いきたくないのですか？」

「いきたいわ。でも、わたくしが無断でバン伯爵家から外出することはできないし、いき先を告げればイグナルトが黙ってはいないでしょう？」

ただ出かけるのとはわけが違う。

異性と出かけるとなれば、カーラが一緒であってもイグナルトが妨害してくるのは必至だろう。

　ましてや、相手は今日わたくしを助けてくれたアレクだ。

　わたくしが彼と出かけるなどと言ったら、激昂して伯爵家の力でもってアレクの店を探し出して潰しかねない。

　アレクが大商人であることは間違いないだろう。

　こんなにも高価なブレスレットを贈ってくれるのだから。

　王都に店を構えているのだし、貴族ともそれなりに伝手があるだろう。けれどバン伯爵家よりも上位の家でなければ頼れないだろうし、上位であっても伯爵家の妨害は避けたいだろう。

　二度も助けてくれた人にそんな迷惑はかけられない。

「それでしたら、リディアナ様は出かけていないことにしたらよいのではないでしょうか」

「何を言っているの、カーラ？」

「リディアナ様とわたしは、背格好が似ていますよね？」

　カーラがわたくしの隣に並ぶ。

　そうだった。背丈はほぼ同じでお互い金髪で碧眼。

　よく見ればカーラの金髪はわたくしよりも落ち着いた色味なのだが、いつも一つにまとめてお団子にして、メイドキャップに入れているので目立たない。前髪だけなら、同じ色合いに見えるだろう。

眼鏡をかけた瞳の色は、わたくしの瞳の色を濃くして灰色を少し混ぜたような、けれど碧い色をしている。

（つまり……）

こくりと喉を鳴らしてしまう。

「わたくし達が、入れ替わればよい、ということ……？」

「そうです。このお屋敷でわたしのすることといったら、リディアナ様の身の回りのお世話をすることだけです。リディアナ様に言われたことにしてわたしが街に買い出しにいくだけなら、誰にも咎められることはありません」

イグナルトに絡まれることもなく、アレクに迷惑がかからずに出かけることができる。

魅力的な提案にまたしても胸が高鳴りだす。

「でもユイリー叔母様は？　よくわたくしの部屋にいらっしゃるわ」

「そこも解決できます。次のユイリー伯爵夫人のご予定は把握しています。一番近い外出予定日は一週間後のダデラ伯爵夫人とのお茶会です」

「貴方有能すぎない？」

「お褒めに与り光栄です」

イグナルトは基本的に日中は王宮に勤めているし、帰宅は早くとも夕方だ。

わたくしの帰宅時間が遅くなりさえしなければ、ユイリー叔母様とイグナルトが出かけた後にカーラと入れ替わって出かければ問題にならないだろう。

「手紙の返事を書いて頂ければ、明日すぐにでもお届けしてまいります」

「そうね、一週間後だと、急がなければならないわね」

まだ出かけられると決まったわけではない。アレクの返事次第だ。

それでも鎮(しず)まることのない胸の動悸をそのままに、わたくしは急ぎ返事をしたためた。

【二章】　お忍びデート

一週間後。

ユイリー叔母様が出かけたのを確認して、わたくしは姿見を見る。

「変、ではないかしら」

「どこからどう見てもわたしに見えます。問題ありません」

わたくしはカーラに手伝ってもらい、普段の彼女のような変装姿をしている。

姿見に映る姿は金髪をくるくると一つにまとめてメイドキャップに入れ、伊達眼鏡（だてめがね）をかけたわたくしだ。革のバッグを持つと、メイド以外に見えない。

カーラと並ぶと、顔立ちはまったく違うのに受ける印象は双子のようだ。

服装と髪形だけでここまで似るとは思っていなかった。

「わたしはリディアナ様が部屋で読書をしていることにします。昼食も読書を中断したくないといえばこの部屋にわたしが持ってこられます。こちらの本ならすでに読み終えていらっしゃいますよね」

カーラが指す本棚は、彼女が言う通りすべて読み終えてある。今日読んだことにする本はユイリー叔母様の好きな庶民の恋愛物語だ。内容を聞かれても即座に答えられるだろう。

今日の計画はこうだ。

まず、わたくしがカーラとして屋敷を出る。

アレクの店にいき、彼と合流。

その後は彼に任せて、夕方までには帰宅する。

その間、カーラはすぐに帰宅したふりをしてわたくしがあたかも部屋にいるかのように振る舞う。

わたくしが帰宅した際にはカーラが二度帰宅したかのようになるが、再度出かけていたことにすればいい。

アレクにも事情は説明してある。

侍女と入れ替わって出かけるなど、貴族令嬢としてどうなのかとは思うのだが、無駄(むだ)な騒動を起こさないためならばいいだろう。

(アレクと出かけてみたいのよね)

いままでわたくしは貴族令嬢として模範となる行動しかしてこなかった。

礼儀作法はもちろんのこと、慈善事業もそうだ。孤児院への慰問はお母様と共に欠かすことなく通っていた。

けれど、庶民の生活を間近で見たことはほとんどない。

見られるのは、貴族を前にした作った姿だ。

だから、平民が、妹のように可愛がっていたマリーナが、どんな生活を送っていたのかも知らないのだ。

カーラの姿で、カーラとして部屋を出る。

誰かに見つかるのではないかとひやひやしていたのだが、執事もメイド達も特にこちらを気にする様子もなさそうだ。

特に心配だったのはイグナルトだ。

婚約者のジェレミィと婚約解消するには、イグナルト自身が領主としての知識を身に付けなければならない。

けれどそんな才能もなく努力もしないイグナルトは、ここ一週間でさらにわたくしとの距離を縮めようと躍起になっているように感じるのだ。

そんな無駄なことをするよりも、執事のロンダルクに帳簿の見方を教わるなり、ユイリー叔母様に家庭教師の手配を頼むなりすればいいのに。

最悪、イグナルトが常に口にする自分はもてるという言葉を信用するなら、言い寄ってくるご令嬢達の中から好みの令嬢に教育を施せばいい。

ジェレミィほど美しく、ユイリー叔母様が認めるほどの才覚あるご令嬢がまだ婚約者を持たずにいるかどうかはわからないけれど。

（……まさか、わたくしを狙っていたりはしないわよね？）

イグナルトの様子から、わたくしの金髪が理想であることは知っている。

けれどわたくしはイグナルトに正直辟易しているし、帳簿の見方など知らないと伝えてあるのだ。

ただ、なまじわたくしが婚約破棄された令嬢であることが問題ではある。

公爵令嬢と伯爵子息なら、本来であれば家格が微妙なのだ。

けれどわたくしに婚約破棄という瑕疵があることと、バン伯爵家がゴルゾンドーラ公爵家の遠縁にあたるので家格が違うという問題は解決してしまう。

ここ最近のイグナルトの鬱陶しさを思うと、わたくしに好かれさえすればジェレミィと婚約解消ができると思ってるのではないかと疑ってしまう。

ユイリー叔母様のためにもそこまで愚かではないと思いたいが、あながち外れてもいないのではと思えてしまうのが悲しい。

（わたくしは欠片も好意を持っていないのに）

今朝もわざわざ出勤前にわたくしの部屋を訪れて「愛しの天使に愛の花束を」と言いながら黄色い薔薇の花束を持ってきた。

「まぁ、素敵な花束ですわね。黄色い薔薇の花言葉は『友情』ですものね。ありがたく、イグナルト様の友情を頂きますわ」

笑顔を浮かべて皮肉を投げつけても、イグナルトはへらへら笑いながら去っていくばかりだった。少しも理解していないに違いない。

とどめに花束はユイリー叔母様が大事にしている庭園の薔薇を勝手に切って束ねただけのものだったらしく、何も処理されていない薔薇の棘がわたくしの指を傷つけた。最悪だ。

これがアレクであったなら、情熱的な深紅の薔薇と共に、颯爽とわたくしをエスコートして軽妙な会話で楽しませてくれるだろう。もちろん、薔薇の棘で指を傷つけるようなこともないに違いない。

わたくしは周囲をそっと窺う。不審な動きをしている使用人もメイドもいないようだ。

変な執着をわたくしに持っているイグナルトだから、メイドに言い含めてわたくしの監視の一つでもさせているかもしれないと警戒したのだが、周囲にそんな気配は微塵もない。

思うよりもあっさりと屋敷を出られてほっとする。

馬車は伯爵家のものではなく、使用人が使用する辻馬車を呼んである。もちろん、手配はカーラがしておいてくれた。

馬車に乗るといき先はすでに御者に伝えられていたようで、わたくしが乗り込むと何も言わずとも馬車は走りだす。

通り過ぎていく街並みはとても新鮮に感じる。

（もう少し、着飾ったほうが良かったかしら）

メイドキャップと眼鏡はカーラの雰囲気を出すために必須だが、カーラとお揃いでユイリー叔母様に仕立てて頂いたワンピースは、お仕着せと似たデザインで、裾や襟、手首にレースとフリルが多く使われている。決して地味ではなく、それでいて派手すぎない意匠だけれど、アレクと初めて二人で出かけるのだから、もう少し華やかに装っても許されたかもしれない。

アレクから贈られたブレスレットは約束通り身に着けているが、いまのわたくしはどうだろうか。

碧と青の石ではなく、赤い石と金の鎖で作られたブレスレットは、わたくしの左手首でしゃらりと音を鳴らす。

(カーラが仕上げてくれたのだもの。問題ないわ)

何を弱気になっているのだろう。わたくしらしくもない。

ふと顔を上げれば、丁度目的のコールケインに着いたようだ。

馬車から降りると、すぐに店員が気づき中に案内される。

黒を基調とした上品な店内は、なるほど、平民と貴族とどちらも訪れるような作りだ。装飾品だけでなく、香水も取り扱っているようで、繊細な装飾の施された香水瓶が並んでいる。

初めて出会った時の荷馬車で、変わった香りがしたのはそのせいだろうか。

あらかじめ侍女と入れ替わることを伝えておいたためか、わたくしは奥の一目で貴族用の控室だとわかる部屋に案内された。

ほどなくしてアレクが部屋に入ってくる。

黒い長袖の上に緑の上着を軽くはおり、片腕を出している。動きやすいラフな格好なのに、格好良い。

「待たせたか？」

「いいえ」

差し出された手を取り立ち上がる。

エスコートなどされ慣れているのだが、どうしても意識してしまう。

顔を見ないようにしないと、赤面してしまいそうだ。

いまはカーラと同じ装いだから、顔を隠す扇子はないのだ。

「そういった姿も新鮮だな」

「そ、そうでしょうか」

「俺が送ったブレスレットは気に入ってもらえたか？」

「っ、はい、とても！　なくしたと知って探しておりましたの。何度も助けて頂き、ありがとうございます」

わたくしは慌てて礼を告げる。

先に言うべきだったのに、出遅れてしまった。

「ああ、そっちじゃなくてね、こいつ」

苦笑交じりに、アレクはわたくしの左手首を指す。

「えぇ、こちらも本当にありがとうございます。素敵な意匠ですね」

「そうか。それは光栄だね。俺が考案したんだ」

「アレクさんが？」

「さん付けはいらないぜ？　俺も呼び捨てだしな。むしろ俺こそリディアナ様と呼ばなくては駄目（だめ）か？　お貴族様だもんな」

「いいえ、そんなことはないわ。貴方（あなた）はわたくしの恩人なのだから、特別です。……アレク？」

「そう。そう呼んでくれ。それで、そのブレスレットはリディアナに初めて会った時に閃（ひらめ）いたんだ。金と赤は俺の色だしな」

金の鎖はアレクの瞳の色によく似ている。だが赤はどこから来たのだろう。好きな色なのだろうか。

それよりも……。

（このブレスレットは、わたくしを想って作られたの？）

一気に顔に熱が集まるのがわかる。

いまは扇子がないというのに。

赤くなってしまったら、丸わかりではないか。

気づいているだろうに、アレクはわたくしの赤面した顔を指摘などはせずに、街に連れ出す。

大通りから、普段通ることのない裏通りを抜けて、やけに賑やかな通りに出る。

整然とした大通りからさほど離れていないというのに、この辺りは何やらこちゃこちゃとしているように感じる。人々の服装も、大通りとは違って幾分か質素だ。

どこからか食欲をそそる匂いが漂ってくる。

「屋台を見たことはあるか？」

「見かけたことならありますわ」

「なら、今日は味わってみようか」

「味わう？」

「ほら、並ぶぞ！」

ぐいっと強く手を引かれ、アレクのお気に入りの屋台に並ぶ。

（こんな通りがあるのね。ヴァンジラス王国でもあるのかしら）

お祭りのように、道の左右に屋台が立ち並んでいる。

「ここの串焼きが美味いんだ。ほら、一本食ってみなよ」

「にーちゃん毎度あり！　今日は彼女連れなんだねぇ」

「おうよ！　一番いい肉頼むわ」

「あいよっ」

屋台の少年が元気よく笑い、一口大に切られた肉と野菜を彩りよく串に刺していく。

「お知り合いですの？」

「仕事帰りによく寄るんだ。なんせこの匂いだろう？　食欲が抑えられん」

確かにわかる。

お腹がこれといって空いていなくとも食べたくなる匂いだ。仕事帰りの空腹時には抗いがたいだろう。

目の前で焼かれるお肉は野菜の彩りと相まって、思わず喉がごくりと鳴る。

「にーちゃんにはこっち、こちらの綺麗なおねーさんにはこっち！」

はい、と手渡された串焼きには、くるくるっとリボンが巻かれていた。

「おいおい、随分サービスいいな？」

「そりゃにーちゃんのお連れさんだもん。これなら手も汚れないっしょ」

「ははっ、違いない」

でき立ての串焼きはほかほかと湯気が立ち上っている。

アレクがお金を支払い、串焼きを持っていないほうの手をわたくしと繋いで歩き出す。

(この串焼きは、どうするのかしら？)

座る場所はなさそうだがと思っていると、アレクがぱくりと串焼きを頬張った。

どうやらこのままナイフもフォークも使わずに、口に運んでしまうらしい。

(立ったまま食事をとるのは初めてだわ)

どうしましょう。食べてしまう？

「熱いから気をつけろよ？」

わたくしが戸惑っていると、アレクは自分の串焼きにふーふーと息を吹きかけてみせる。

（はしたない気がするのだけれど、合わせるべきよね？）

せっかくアレクが連れてきてくれたのだ。

わたくしは意を決して、串焼きにかぶりつく。

「っ、美味しいわ！」

「だろー？　癖になるぞ」

美味しい料理ならいくらでも食べたことがある。一流シェフの最高級食材を使った料理だ。けれどそのどの料理とも違う、ざっくりと大雑把な味がとても美味しい。

それに、何だろう。少し変わった香りもするのだ。

「魔ハーブは物珍しいだろう？」

「魔ハーブ？」

「そう。いまリディアナが口にした串焼きに使われている香辛料の一つで、他国ではあまり使われていない。すっきりとした味が独特で美味いんだよ」

この変わった香りが魔ハーブだろうか。確かにヴァンジラス王国では口にした覚えがない。

食べながら歩くという、いままでの人生の中で初めての経験をしながら、わたくしはアレクと共に屋台を見て回る。

見るものすべてが新鮮で楽しいが、それは隣にアレクがいるお陰だろうか。二人で並んで歩いているだけでも、何だか嬉しくなってくる。

「お？　今日は的屋も出てるのか」

アレクが変わった屋台に目を止める。

一目で玩具とわかる銃と、壁一面にぬいぐるみがぶら下げられていた。

「おいおい、アレクのにーさん、まさかやったりしないよなぁ？」

この店の店主もアレクの知り合いなのか、苦笑しながらそう言ってくる。

「やらないと思うか？」

「手加減してくれよ」

「馬鹿言え、彼女の前だ。店の景品全部かっさらってやるぜ」

「本気かよぉ」

店主が冷や汗交じりに、それでも玩具の銃を差し出してくる。

「ほら」

「え、わたくしも？」

「もちろん。こういったものは、見ているよりもやったほうが楽しいぜ」

そういうものだろうか。

おもちゃの銃の銃口を覗(のぞ)き込んでみる。

瞬間、アレクが慌てて銃を下した。

「おいおい、覗き込んだりしなさんな。玩具とはいえ、銃口からは木の弾が飛び出す仕組みだ。目にでも当たったら大怪我(おおけが)だ」

「ごめんなさい、まさかそんな作りだなんて」

「そちらのお嬢さんは的当てなんてしたことがなさそうだな。よし、アレクのにーさん、こうしないか？　そこのお嬢さんがどれか一つでも撃ち落とせたら、好きなぬいぐるみをどれでも一つプレゼントだ。なんなら、特等のこいつを出してもいい」

そう言って店主が屋台のカウンターの下からクマのぬいぐるみを取り出してくる。

大きさは、手で抱きしめられる程度だ。

壁にぶら下げられているぬいぐるみの中には、このクマのぬいぐるみよりも大きな子達が何匹もいる。

けれどこのクマのぬいぐるみが特等なのは、作りの違いだろう。

瞳は硝子(ガラス)ではあるのだが、宝石のような煌(きら)めきがある。

着ている服は豪華なタキシードで、素材はシルクだ。金の飾りボタンは職人の技が光っている。

貴族の家におろす品物と同価値のクマのぬいぐるみだ。

「気に入ったかい？」

店主がにやりと笑う。

「ええ、とても丁寧な作りのクマのぬいぐるみだと思いますわ」

「そうだろうそうだろう、聞いたか？　アレクのにーさん」

「そいつは彼女がどれかを当てなきゃ駄目か？」

「おう。アレクのにーさんが全部撃ち落としても、こいつは出せねぇなぁ」

「ふむ……」

ふふふんと、店主は笑っている。

きっと、アレクなら本当に店の品物をすべて撃ち落とせるのだろう。

だからそれを回避するための苦肉の案がこちらのクマのぬいぐるみというわけだ。

（わたくしに当てることなどできるかしら？）

銃を扱ったことなどない。

魔法で氷を作り出すことならできるが、それだけだ。

「じゃあお嬢さん、まずは練習で三回撃ってみてくれ」

店主に促され、わたくしはおずおずと銃を構えてみる。

アレクと店主に見つめられながら、まずは一発。

「きゃっ⁉」

撃った反動で、後ろによろけてしまった。

予測していたのか、アレクが抱きとめてくれた。

（わたくし、抱きしめられている？）

そうではないのだが、後ろからわたくしを抱きとめる形になっていて、その手は自然とわたくしを緩く抱きしめるように回されている。すぐに離れられてしまったのが寂しく感じる。

そして弾は一体どこへ飛んでいったのか、ぬいぐるみのどれにも当たらなかったのだけは確かだ。

「結構難しいだろう？」

「えぇ、本当ね」

「そうだな、片手で持つより、両手で構えたほうがいい」

アレクも玩具の銃を持って、構えて見せる。

見様見真似で、わたくしも両手で構えた。

「さぁ、もう一回撃ってみてくれ」

促されて、わたくしはよくよくぬいぐるみを狙う。

（大きいほうが、当たるわよね？）

一番大きなぬいぐるみを狙って、銃を撃つ。

両手で撃ってもよろけたが、弾はぬいぐるみをかすった。

「当たったわ！」

「そうだな。でも撃ち落としてもらわないとな」

「撃ち落とす？」

そう言えば、先ほども店主は撃ち落としたら、と言っていた。

当てるのではなく？

「そう、こうやって、ぬいぐるみをぶら下げている紐を狙うんだ」

アレクがパンっと銃を撃つ。

瞬間、わたくしが狙ったぬいぐるみの紐がほどけて敷物の上に落ちた。

「難易度が高すぎませんこと？」

素人にできるものとは思えない。

「そう。だからこそ、リディアナが撃ち落とせたなら、このクマのぬいぐるみを出す価値があるんだ」

ぽんぽんとアレクがクマのぬいぐるみの頭を撫でる。

練習は三回。

ならばあと一回は試せるということか。

わたくしは、今度は一番小さなぬいぐるみに狙いを定める。

ぬいぐるみ達をよく見ると、壁への飾られ方が違うのだ。

大きなぬいぐるみほど落としづらくなっている。小さなぬいぐるみは、紐ではなく壁に作られた突起の上にちょこんと乗せられている。

こちらの方が、紐を狙うよりは落とせそうなのだ。

ぐっと狙いを定めて撃ってみる。

けれどぬいぐるみにはかすりもしなかった。そう簡単にはいかないらしい。

「残念だわ」

「本番が残ってるよ、お嬢さん」

にかっと笑って、店主に促される。

「難しいわね」

「お嬢さん綺麗だから、落ちやすいぬいぐるみをいくつか教えてあげるよ」

言いながら店主は「こいつとこいつとこいつだ」と三体のぬいぐるみを教えてくれた。

アレクもそうだなと頷（うなず）いているので、落としやすいぬいぐるみなのだろう。わたくしには見分けがつかない。

なんとなく、アレクの瞳の色と同じ金色の瞳のぬいぐるみを狙ってみる。

長い耳が愛らしいうさぎのぬいぐるみだ。

パンっと音を鳴らして撃つと、ぬいぐるみが揺れた。

「落ちてっ」

思わずそう叫んだが、ぬいぐるみはぐらぐらっとはしたものの、残念ながら落ちなかった。

「まぁ、そう落ち込むな。俺が落としてやるよ」

アレクが笑いながら、片手で銃を撃ち、あっさりと落として手に入れてくれた。

「ほい」

笑顔で手渡されたうさぎのぬいぐるみは、手の平サイズで可愛らしい。

バッグの中に入れると、ちょこんと顔を出しているかのようだ。

クマのぬいぐるみは手に入らなかったけれど、この子はこの子で魅力的だ。アレクがわたくしのために取ってくれたのだと思うと、より一層可愛く思えた。

「気に入ったか？」

「ええ、とてもいいわ」

「店主、彼女が気に入ってくれたから、店のぬいぐるみを全部撃ち落とすのはまた今度にしてやるよ」

「おぅ、そうしてくんな。じゃないと商売あがったりだからなぁ」

ははっと軽く笑い合い、店を後にする。

アレクはこの辺りの露店の店主とはみんな顔馴染みのようだ。

通る店通る店でアレクは声をかけられ、わたくしは店主達から色々おまけを頂いてしまった。

既にバッグの中はいっぱいだ。アレクは随分と下町に馴染んでいるらしい。

ここの通りでは、屋台だけでなく、露店も出ている。

大通りでは貴族や富豪が多いが、こちらは庶民向けの品揃えが基本で、どれも安価だ。

建物と建物を繋ぐアーチの下に、小さな色石や鎖を扱う露店があった。

初老の店主は民族衣装だろうか。木の装飾が多いローブを羽織っている。

「よぅ、サンドロの姐さん。いい石は入ったかい？」

「相変わらずお前さんは元気だねぇ。ああ、お前さんが望みそうな石ならこちらにあるよ」

店主は革袋の中から小ぶりの石を取り出す。

さして美しくもない無骨な石だが、アレクは目の色を変えた。

「これはまた大層な原石だな。あとで店のほうに請求してくれよ。言い値で買う」

「大きく出たねぇ。まぁ、お前さんならそう言うと思ったけれどね」

「なぁ、リディアナ。この中で気になるものはあるか？」

そう話を振られて、わたくしは敷物の上に広げられた装飾品をよく見てみる。

「……こちらは」

「気づいたか？　さすがだな」

アレクが満足そうに頷く。

硝子ばかりだと思っていた装飾品の中に、宝石が交ざっている。

けれどよく見れば小さな傷や欠けがあるようだ。

それを目立たないように装飾し、安価で売っているのだろう。もともと本物だから輝きは良いのだし、意匠が気に入るのなら普段使いには申し分ない。

「たまには自分で作っていくかい？　そちらのお嬢さんにも良かったら作り方を教えるけれども」

「姐さん気前がいいな」

「そりゃそうさ。お前さんが買っていってくれるからねぇ」

「俺の技術はもともとこのサンドロの姐さんから得た知識なんだよ」

言いながら手渡された道具は見慣れないものだった。鋏に似た形状だが、鋏にしては刃が付いていない。

持ち手部分はほぼ同じだが、先端には刃の代わりに先端が細くなった鉄が付いている。

「それはペンチな？　そいつをこうやって鎖の輪を摑んで捩じってずらす。こうすると、鎖の中にほかのパーツを入れられるんだ」

アレクが道具を見て首を傾げているわたくしの手を取り、動かしてみせる。

（っ、距離が、近くありませんこと!?）

至近距離にアレクの整った顔があり、息が止まりそうになる。

そんなわたくしに気づいているのかいないのか、背中から覆い被さるようにわたくしの手に自分の手を重ね、ペンチを器用に動かす。

いろいろアクセサリー作りの説明を二人がしてくれるのだが、少しも頭に入ってこない。

わたくしの心臓がいまにも外に飛び出してしまいそうなほどに煩く高鳴る。

（こんなに至近距離では、聞こえてしまっているのではないかしら）

アレクの鼓動すら聞こえてきそうな距離なのだ。どきどきと鳴り続けるわたくしの胸の鼓動は、彼には聞こえてしまっているかもしれない。

「さぁ、できた」

そう言って、彼が密着していた身体を離す。

その手には、小ぶりのイヤリングが握られている。

ブレスレットとお揃いのデザインだ。

金の鎖に、赤い宝石が使われている。

「金と赤だなんて、お前さん相当このお嬢さんを気に入ってるんだねぇ」

「そりゃそうさ。こんな美人、めったにお目にかかれないだろう。なぁ？」

いい笑顔でわたくしに同意を求めてくるけれど、それに答えるのは困難だ。

美人などと言われ慣れている。公爵令嬢なのだ。心の中でどう思っていようと、わたくしの前では皆がわたくしを美人だと口にするだろう。

だから、言われ慣れているのだ、本当に。

けれど自分のことだからというよりも、アレクに言われると、どうしても口ごもってしまう。

公爵令嬢らしからぬ「あ、その、うぅ……」というなんとも聞き苦しい答えにもならないうめき声を上げるのが精一杯だ。

「あまり、からかうものではありませんわ」

目をそらして精いっぱいそう告げれば、アレクはきょとんとした顔をする。

「本心からだが？」

「っ、は、恥ずかしいでしょう！」

「そう言うなって。俺は本気だから。ほら、耳をこっちに出して。着けてやるよ」

何のことはないかのように、アレクはわたくしの耳に触れる。

(そ、そんなところ……)

侍女ならいい。

けれど異性に触れられたことなどない。

もうどきどきしすぎて倒れてしまいそうだ。

ほんの一瞬だったというのに、随分長く触れられていたかのようだ。

着けられたイヤリングすら熱を帯びて感じる。

「……似合うかしら」

「当然だな」

自信満々にアレクは笑う。

「わたくしも、作って差し上げますわ」

「俺にか？」

アレクが意外そうに片眉を上げる。

「えぇ、そう」

なんだかわたくしだけどきどきしているようで悔しい。

「それじゃあ、一つお願いしてみるかな」

頷くアレクから、わたくしは敷物の上に並べられた石を見る。

何色がいいだろうか。

金色はアレクの瞳の色だ。赤がアレクの色というのはよくわからないが、金色の瞳に赤い石はよく映える。

（でも……）

わたくしは、赤い石と、それよりも少し小さな碧い石を手に取る。

手に取った瞬間、アレクが面白そうに口角を上げた。

視線に緊張しつつ、先ほど教わったやり方で細工を施し、ブレスレットを完成させる。

「おや、器用だねぇ。一度で覚えてしまった子は珍しいよ」

サンドロさんが褒めてくれる。

よかった、あまり作り方が頭に入っていない気がしたのだけれど、きちんと作れているらしい。

刺繍をいつもしているからか、手先は割と器用な方なのだ。

「いい感じだな」

「気に入って頂けました？」

「あぁ、もちろん」

「それでしたら、着けて差し上げますわ」

何のことはないように、アレクの手をとる。

一瞬アレクがぎょっとするのを見て、わたくしは心の中で頷く。

(わたくしだけが、どきどきさせられるのは不公平ですわ)

ゆっくりと、不慣れを装って、ブレスレットをアレクの手首に巻く。

心なしかアレクの顔に赤みがさしているように思えるのは、わたくしの願望だろうか。

「できましたわ」

「似合ってるか？」

「えぇ、とっても」

お世辞ではない。

彼の手首に金のブレスレットは思った以上に似合っていて、赤と碧の石はお互いが主張しすぎずに上手く引き立てあっていた。

あまり合わせたことのない色合いだったが、青よりも緑がかっている碧い石は赤い色とも相性が良かったらしい。

サンドロさんに教えて頂いたお礼を言って、アレクに手を引かれながらわたくし達は別の路地裏に向かう。

「大衆食堂に入ったことはあるかい？」

「喫茶店なら」

「大通りのじゃないぜ？　もっと庶民的なやつ。相席なんかもあってさ」

「相席……」

「そそっ。まったく知らないやつと席が一緒になったりする」

「存じませんわね」

貴族が外食をする時は、目的の店で事前に予約をすることが多い。

予約をせずに当日訪れたとしても一般客とは別の個室に通される。

喫茶店だともう少しおおらかで、それでも見晴らしの良い席やその店で一番良い席に案内される。

見知らぬ誰かと同じテーブルについて食事をするなど、あり得ない。

けれど平民にとってはよくある光景なのだろうか。

「まぁ、相席はよほど混んでいる時間だけどな。この時間なら大丈夫だろ」

話しながら連れられてきた店は、串焼きの屋台と同じように良い匂いが漂っている。

店の外までがやがやとした店内の雰囲気が伝わってきていて騒がしい。

「入りづらいか？」

アレクが尋ねてくれて、わたくしは首を振る。

初めての場所だから多少の緊張はしているが、それだけだ。

ドアを開けるとカランカランと大きな鈴の音が鳴る。

「いらっしゃーい！　二名さんかい？」

「おう、空いてる席に適当に座らせてもらうわ」

わたくしの手を引いて、アレクがカウンター側の空いている席を選ぶ。小さめのテーブルには椅子が二つしかなく、相席にはなりそうもない。

「ま、いきなり相席は避けたいだろう？」

「そうですわね」

平民では普通のことなのかもしれないが、わたくしにはまだ刺激が強そうだ。

「好きなの頼んでいいぜ」

メニュー表を渡されるが、隣国のせいかあまりピンとこない。

（魔ハーブティー……？）

串焼きに使われていたものと同じだろうか。

魔ハーブティーのメニューがやけに多い。紅茶よりも多いのではないだろうか。

「俺としては紫蝶の魔ハーブティーがお勧めかな」

「では、そちらをお願いしようかしら」

「まだそんなに腹は減っていなさそうだよな？」

串焼きを食べてから、屋台を見て回って、サンドロさんのお店でアクセサリーを作った。

それなりに時間は経っていたけれど、串焼き自体がとても美味しくて量もあったからか、わたくしのお腹はまだまだいっぱいだと思う。

「そしたら頼むのはおつまみ程度にしとくか。レーズンバターと、枝豆と、あとはそうだな、ソーセージの盛り合わせか」

アレクがてきぱきと料理を選んで給仕に伝える。

先にアレクの頼んだ紅茶と魔ハーブティーが出された。

「っ、これは、なんですの？」

「やっぱ驚いたか。これが紫蝶の魔ハーブティーだ。綺麗だろう？」

硝子のティーセットに淹れられてきた紫蝶の魔ハーブティーは、驚くことに青色をしている。

小皿に檸檬も添えられているのは、レモンティーのように飲むのが良いからだろうか。

「確かに綺麗だけれど、青い色の飲み物だなんて」

硝子のティーセットに淹れられてきた理由はその色合いの美しさからだろう。

透明感があり、高価な宝石のようですらある。

恐る恐るティーカップに注いでみる。

香りは特にせず、強いて言えば豆の匂いがする。見た目よりもずっと大人しい匂いだ。

けれど……。

（これを、わたくしが、飲むの……？）

見慣れない色すぎて、飲むのをためらってしまう。

「毒なんか入ってないぜ？」

「それはもちろん、そうでしょうけれども……」

「なら俺が先に飲んでやるよ。ほら」

「あっ」

ティーカップと睨めっこしてしまうわたくしから、アレクがひょいっとカップを取って一口飲んだ。

「ほらな？　なんともないだろう」

それはわかっていた、わかっていたのだ。

ただ、あまりにも青くて戸惑っていただけだ。

「それなら、こうしたら見慣れた色に近くなるんじゃないか？」

紫蝶の魔ハーブティーに添えられていた櫛切りの檸檬を、アレクがカップの中に絞る。

瞬間、青かった魔ハーブティーは一瞬にして淡い紫色に変化した。

「魔法を使いましたの？」

「いや、これは魔法じゃない。紅茶に檸檬を入れると色が薄く変わるだろう？　それと同じで、紫蝶の魔ハーブティーは紫色に変化するんだ」

紅茶と同じだといわれると、なるほどと思う。

青い色も綺麗だったが、変化した紫色も美しい。

そして紫色はワインを薄めたかのようで、青に比べると馴染み深くてこれならば確かに飲めそうだ。

わたくしを驚かせられたことに、アレクは満足げにしている。

ゆっくりと一口飲んでみる。

レモンの香りが口に広がり、ほのかな甘みが美味しい。

「ここの紫蝶の魔ハーブティーは独自の味付けをしていて甘いだろう？」

「ええ、とても美味しいわ」

「俺と同じところで飲んだからより一層旨いだろう？」

「同じところ……あっ」

「おっと！」

落としかけたティーカップをアレクが即座に片手で押さえる。

危なかった。

(アレクが飲んだ場所と、同じところから口を付けてしまった……!?)

そもそも、同じティーカップを使ってしまった。

アレクがわたくしにごく自然に渡すから、何の違和感もなく飲んでしまったのだ。

同じティーカップを使うなどと、家族であってもしない。ましてや異性なら、元婚約者のレンブルク様とすらしたことなどない。

「まぁまぁ、そんなに慌てるなよ。ちょっとからかっただけだ。俺が飲んだのはこっちだから」

慌てるわたくしに、アレクは苦笑しながらティーカップの縁を指さす。

けれども言っていることはそうではなく、いや、同じ場所であるかどうかは大事なことだったかもしれないけれど、まって、お願い、大事なことではない？

(あぁ、おかしいわ。考えがごちゃごちゃしてしまうじゃない)

焦(あせ)りすぎている。

貴族令嬢として毅然(きぜん)としなければ。

いくら今日はカーラと同じ服装だとしても、わたくしは公爵令嬢なのだから。

こんなに感情を顔に出してしまうなどということは、恥ずべきことだ。

「んったく、しかしよぉ、これで何件目だぁ？　若い子ばっかり攫(さら)われてるんだよなぁ！」

急にカウンター席から大きな声が聞こえて、わたくしとアレクはそちらを振り向く。

友人同士だろうか。

体格のいい男性二人がまだ陽があるうちから飲んでいる。

大きな声を出している方は、大分お酒が回っているようだ。

「おいおい、お前声がでかいって。周りのお客さん達がびっくりしてるだろ?」

「声がなんだよ。心配になんねぇのか? 娘はそろそろ十歳になるって言ってたじゃねぇか。黒蠍団のやつら、最近はそんぐれぇの女の子も誘拐してるって話だぜ」

「なんだお前、俺の娘が攫われるっていうのかよ!」

「おうとも! 他人事じゃねぇぜ。昔は若いっつっても売れそうな娘ばかりが攫われたらしいぃじゃねぇか。それがどうだ。売れそうな娘は警戒して一人にならなくなったせいか、今月に入って子供が攫われるのはこれでもう五件めだろぉ?」

「王国騎士団が守ってくださってる」

「そりゃ貴族の娘だけだろ? 王都とはいえこんな下町なんざ、やつらが守ってくれるもんかよ」

げらげらと笑う声が耳障りだ。

ふと見れば、アレクの眉間に深い皺が寄っている。

怒っているというよりは、悔しそうな。

「アレク……?」

「ん? あぁ、すまない。料理が来たな!」

「え、えぇ、そのようね」
給仕が両手いっぱいに皿を抱えて持ってくる。
（誘拐事件だなんて、穏やかではないわね）
思わず噂（うわさ）話に耳を澄ませてしまった。
随分と物騒な話だったから、アレクの眉間に皺が寄るのも無理はないだろう。
てきぱきと置かれた料理はどれも素朴で美味しそうだ。
でも、茹（ゆ）でられたままの枝豆はどう食べるのだろう。
皮が剥（む）かれていないのに、ナイフとフォークがない。
疑問に思っていたら、アレクが手掴みで枝豆を一つ取り、そのまま口に運ぶ。
掴んだ指を器用に使って中の豆を口の中に放り込んだ。
（えぇ、まさか、わたくしも？）
「塩はもうかけてあるから、そのままいけるぜ」
促されたら、もう、するしかない。
わたくしは枝豆にえいっと力を籠（こ）める。
瞬間、中の豆が思いっきりアレクに向かって飛んでいった。
けれどアレクは何のことはないようにパシッと片手で掴み、豆を口の中に放り込む。
えぇ、どれほど運動神経が良いのかしら。

「こちら側から飛び出すから、ここに口を付けておくといい」

言われるままに、枝豆の皮に口を付ける。

ぐっと指先に力を入れると、ぽろりと口の中に豆が転がり落ちてくる。

(はしたないのだけれど、でも、面白いわ)

押すと豆がぽろぽろと出てくるのが癖になってしまいそうだ。

そんなわたくしの前で、アレクは豪快にソーセージの真ん中にフォークを刺してかぶりつく。

無作法なのだけれど、とても美味しそうで気持ちがいい。


『作法作法作法って、嫌になるわ！　どんな食べ方でも、美味しいものは美味しいのに』


不意に、マリーナの言葉が思い出された。

礼儀作法に不慣れだったマリーナは、食事の席でもいくつもの失敗を犯した。

音を立てて食べない、ナイフとフォークは外側から順番に使う、手掴みをしない……大きなものから小さなものまで、数え上げればきりがないぐらいだった。

叱られすぎて限界だったのだろう。

嗤(わら)われると涙目でうつむいていたマリーナが、不意に口にした叫びが前述のそれだった。

あの時は、あの場にいた皆があっけにとられてしまい、わたくしは慌ててマリーナと共に公爵家へ戻ったのだけれど。

(そうね。どんな食べ方でも、美味しいものは、美味しいわね)

そんなことを思っていたら、不意に、カウンター席の男性が立ち上がってこちらにやってきた。

先ほど不穏な噂話をしていた二人だ。

あれからもどんどん飲んで、もう呂律（ろれつ）が回らなくなっている。

ふらふらとした足取りで、わたくしを見る。

「よぉ、きれいなねーちゃんだぁなぁ？」

「お、おい、お前急に何を」

急に立ち上がってわたくしに絡（から）み始めた友人に、カウンター席にいた男性は慌てて止めに来る。

「こーんな綺麗だと、さらわれちまいそうだよなぁ」

(随分と酔っているのね。お酒の臭いが凄（すさ）まじいわ)

近づかれるとわたくしのほうが酔ってしまいそうなほど、強い臭いが鼻をつく。

男が手にしたままのお酒が入った木のコップよりも、男自身から出ている酒の臭いでくらくらする。

「どこのどなたかは存じませんが、随分とお酒をめしていらっしゃるのではないかしら？　その状態では、帰宅もままならないでしょう。水を飲んで酔いを醒ましてから帰られるといいわ」

「あぁ!? かしら、って、かしらー！ どこのお嬢様だよ、なぁ？ いーから、いーから、おれたちとぉ、飲もうぜなぁ！」

（……扇子を持っていたら、殴り倒しますのに）

カーラは扇子を持ち歩いていない。

だから今日のわたくしは扇子を持っていないのだ。

いっそ手で叩き落としてしまおうかしら。

そう考えた瞬間、アレクが立ち上がってわたくしを横に抱きしめる。

（えっ）

「わりぃな、こいつは俺の女なんだよ。いい女だろ?」

「おー、いいおんなだなー！ 一杯飲もうぜーーー！」

酔っぱらいは思いっきり拳を振り上げた。

その手に持っていた木のコップが中身ごと宙を舞い、飲みかけのエールが店の客の頭に降り注ぐ！

「ふっざけんなてめぇ、やんのかぁ！！！」

気分良く飲んでいた客達は突然の出来事に怒りだした。

「ちょっとちょっと、やめておくれよ、暴れるなら外で……」

「うっせぇ！」

「きゃあっ！」

給仕が突き飛ばされ、店のあちらこちらで乱闘が始まった。

（大変、どうにかしなくては）

テーブルが倒され、食器が割れる音が響く。

「おっと！」

「アレク！」

酔って見境のなくなった客がアレクに殴りかかってくるのを彼はあっさりと避け、なおかつお腹に拳を叩きこんで気を失わせた。

「リディアナは店員と一緒にカウンターの中に隠れていてくれ」

アレクがわたくしをカウンターの中に匿い、暴れている客を一人ずつ仕留めていく。

屈強な男が何人もいるのに、アレクは一撃も食らうことなく倒していく。

（商人って、こんなにも強いものなの……？）

いや、そんなはずはない。

リスルテア王国がヴァンジラス王国よりも魔物の被害が多いとはいえ、ただの商人がここまで強いのは異常では。

「っ、危ない！」

アレクの背後から狙っていた男を、わたくしは氷魔法で突き飛ばす。

氷の塊をぶつけられた男はあらぬほうに倒れ伏した。

「やるな」

ふっと微笑みかけられると、一気に顔が赤くなる。

店内すべての暴れる客を鎮圧すると、アレクは軽く額の汗を拭う。

「全員大した怪我は負わせていないが、食器なんかの損害は俺の店に請求してもらって構わない。騒がして悪かったな」

アレクが名刺を店長に差し出すと、店長はそのままその場に卒倒した。

「大丈夫かしら」

「まぁ、荒事には慣れているだろ。それよりも悪かったな、騒動になっちまって」

「いいえ、アレクのせいではありませんわ」

見知らぬ客が急にわたくしに絡んでくるなどと、想定外だったに違いない。

けれど少しも怖いとは思わなかった。

魔法で対抗できることもそうだが、アレクが側にいるのだ。

自分の身の危険を何一つ心配することがなかった。

まだほんの数回しか会っていないというのに、わたくしは随分とアレクを信頼してしまっているようだ。

毎日顔を合わせるイグナルトのことは、嫌悪感が増すばかりだというのに。

（……っ、そうだわ、時間！）

空を見上げる。

もう日は大分傾き、夕焼け空が広がっている。

この時間では、もうイグナルトは帰ってきているのではないだろうか。

「急いで俺の店に戻ろう」

「いえ、もうこのままバン伯爵家に戻らないと」

「その格好で返すわけにはいかないな。俺の店で着替えてくれ」

言われて自分の格好を見る。

いつの間にかメイドキャップはどこかへ吹き飛び、一つにまとめていたお団子髪は、ほつれて乱れている。カーラとお揃いの服も、ところどころ汚れてよれよれになっている。

乱闘騒ぎをカウンターの中で回避したものの、完全に無事、というわけにはいかなかったらしい。

アレクからもらったイヤリングとブレスレットが無くならなかったことが奇跡かもしれない。

こんな格好で帰ったら、それこそ大騒ぎになってしまう。

「……お言葉に甘えて、お世話になります」

アレクの店で既製品のドレスをお借りして、髪も従業員に整えて頂いた。

何から何まで申し訳なさすぎる。

(そうだわ。わたくしは、お礼をするつもりで今日は会いに来たのに)

いろいろなことがありすぎて忘れてしまうところだった。

わたくしは、バッグの中からアレクに渡そうと思っていたプレゼントを取り出す。

「何度も助けて頂き、ありがとうございます」

「これは、ハンカチか？」

カーラが綺麗に包んでくれたプレゼントは、触れた感覚からハンカチだとわかったらしい。

「開けてみても？」

こくりと頷くと、アレクはいそいそとリボンを解く。

(気に入ってもらえるかしら)

どきどきと、アレクの表情を窺ってしまう。

「おぉっ、これは、凄まじいな」

アレクが驚きに目を見張る。

ハンカチには我が家の家紋と、アレクを想って図案を考えた刺繍を刺してある。

妹のセルシィほどではないが、刺繍の腕はなかなかのものであると自負している。けれど喜んでもらえるかどうかはまた別問題だから、嬉しそうな顔を見てほっとする。

「アレクの印象で図案を考えましたの」

「俺の印象は鷹か」

そう、わたくしが刺したのは鷹だ。

猛禽類を思わせる鋭い金の瞳が鷹を彷彿とさせたのだ。

「ありがとう。リディアナだと思っていつも身につけておく」

言いながら、ハンカチに口づける。

（わたくしだと思って、それで、それを、口づけ……っ）

こんなことは、わたくしに口づけているのと同意ではないの⁉

くらくらして足元がおぼつかない。

「っと、大丈夫か？」

「え、えぇ、問題ありません……わっ⁉」

アレクがわたくしを抱き上げる。

そんな、そんなっ⁉

「危なっかしいからな。馬車まで連れていこう」

「〜〜〜〜〜っ」

わたくしはもう声も出せない。

「次もまた会えることを、楽しみにしている」

わたくしを馬車の座席にそっと下ろすと、そう耳元で囁く。

アレクが離れるとすぐに馬車の扉は閉められ、走り出す。

顔が熱い。

(次は、いつ会えるかしら……)

いま別れたばかりだというのに、もう次のことを考えている。

何度もカーラに入れ替わってもらうわけにはいかないだろう。ならば次に会う時は、リディアナ・ゴルゾンドーラとして、正式にだ。

平民の彼と、公爵令嬢のわたくしが、なんの障害もなく会えるだろうか。

わたくしは頭を振る。

(いまから悩んでも仕方がないわね。それより……)

馬車から見える空は、もうとっくに暗い。

確実にイグナルトは帰宅しているだろう。

さて、どうかわせるか。

何も悪いことはしていないが、面倒なことこの上ない。

悩みながら外を眺めていると、馬車が伯爵家の少し手前で止まった。

「どうかしたの?」

御者に声をかけると、見知った声がわたくしを呼んだ。

「わたしです、リディアナ様」

「あら、カーラ、どうしてここに？」

「イグナルト様が戻られたので、こっそり抜け出してまいりました」

あぁ、やはり彼は帰宅しているらしい。

「そう、それで、彼はなんて？」

「リディアナ様の外出に気づかれたようです。わたしが見つかるとリディアナ様がお一人で出ていることが知られてしまいますから、ここでお待ちしておりました」

ただでさえわたくしの外出に神経を尖らせているイグナルトだ。

一人で出かけたなどと知られれば、何をされるかわかったものではない。

「気を使わせたわね」

「とんでもございません。いま御者の方よりこちらの品を預かりました」

カーラが差し出すのは、アレクの店の商品だ。三つあり、手提げ袋の中には包装された香水が入っているようだ。

「あぁ、なるほど」

アレクには何から何までお世話になりっぱなしだ。

これをお土産としてバン伯爵夫妻とイグナルトに渡せば、わたくしはお世話になっている三人への贈り物を内緒にしたくて出かけたことにできる。

事前に事情を話してあったので、気を使ってくれたのだろう。

カーラが馬車に乗り込むと、ゆっくりと御者が馬を走らせる。

伯爵家に着き玄関を開けてもらった瞬間、イグナルトが駆け込んできた。

「こんな時間まで淑女がうろつくだなんて、なんてことだ！」

「あら、ごきげんようイグナルト様。お言葉ですが、まだディナーの時間すらほど遠いように思えますけれど」

すっかり陽が落ちてしまったが、『こんな時間』と蔑まれるような時刻ではない。

夜会ですら始まらない時間だ。

「あげ足を取らないでくれ。僕に一言の断りもなく出かけていたのは事実だろう」

「おかしなことをおっしゃらないで頂けます？　なぜわたくしがイグナルト様に外出の許可を頂かなければなりませんの」

「君はこのバン伯爵家の客人だ！」

「ぇえ、そうですわね」

「だったら君は家主である僕に一言あるべきだろう」

「家主？　それはバン伯爵でしょう。イグナルト様ではあり得ませんわね」

「ああもうっ、そんなことはどうだっていいんだ、一体誰と出かけていたんだ！」

やはり気になるのはそこか。

怒りで顔を赤く染めるイグナルトに、わたくしは溜め息をつきたくなる。

婚約者でもないのに、わたくしの行動を縛る権利があるとでも思っているのだろうか。

「お伝えする義務はありませんわね」

「おい、待てっ」

「っ！」

あまりにも不快で通り過ぎようとしたら、思いっきり手首を掴まれた。

「離して頂けます？」

「嫌だね。誰と出かけていたんだ？」

心底わからない、という風にわたくしは小首を傾げて見せる。

「それよりも、手を離して頂けないかしら。とても痛いの」

痛いのは本当だが、嫌悪感が募って殴り倒したくなる。

「まぁまぁ、何の騒ぎなの？」

騒ぎに気が付いて、ユイリー叔母様が玄関までやってきた。

慌ててわたくしからイグナルトが距離を取る。

「ユイリー叔母様。お騒がせして申し訳ありません」

「いいえ、いいのよ。それよりも、何があったのかしら？」

叔母様はわたくしが出かけていたことに気づいていなさそうだ。

カーラに目線を送ると、こくりと頷かれる。

うまく口裏を合わせてくれるだろう。

「昼間は読書をしていたのですが、カーラを通じてお願いしておいた贈り物ができ上がったと聞き、引き取りに伺っていましたの」

「贈り物？　何か必要だったのなら、言ってもらえればすぐに商人を呼び寄せたのよ？」

「実は、バン伯爵家の皆様へ。いつもお世話になっておりますから、出入りの商人ではなく、カーラに良い店を探してもらっておりましたの」

「まぁっ、まぁまぁ、リディアナちゃんが、わたし達へ贈り物を？　そんな気を使わなくてもよいのに」

「こちらです。気に入って頂けるとよいのですが」

手にしていた手提げ袋のうち、クリーム色をしたものを手渡す。

「これは、コールケインの香水ね？」

「コールケインをご存じなのですか」

「えぇ、最近人気が高まっている話題のお店よ。そのうち、リディアナちゃんとも伺いたいと思っていたところだったの。宝石もよいのだけれど、魔ハーブを用いた香水は特に人気で品薄なのよ。嬉しいわ」

ふわっとユイリー叔母様が微笑み、イグナルトは決まり悪そうにもぞもぞしている。

「バン伯爵様と、イグナルト様にもございますわ」

ばっと、イグナルトが勢いよく顔を上げる。

「いいのか……？」

「どうぞ」

社交的な笑みを浮かべて手渡せば、一瞬でイグナルトの顔が赤く染まった。

「……すまない」

ユイリー叔母様には聞こえないぐらいの小声で、イグナルトは謝罪して去っていく。

あの様子だと、わたくしが本当はイグナルトに好意を持っていると勘違いさせてしまったかもしれない。

バン伯爵とはなかなか会えないから、ユイリー叔母様が代わりに渡してくれることになった。

自室に戻ると、一気に疲れがやってくる。

今日はいろいろなことがありすぎた。

（アレク……）

贈られたブレスレットを見つめる。

次は、いつ会えるかしら。

すぐに会えたら嬉しい。

そんなことを願いながら、わたくしはブレスレットを眺め続けた。

【三章】幼馴染のペトラ・カトミアル子爵令嬢

「ねぇ、リディアナちゃん。そろそろ、パーティーにも出てみない？　もちろん、気乗りしなかったら、断ってくれて大丈夫よ」

アフタヌーンティーを楽しんでいる時にユイリー叔母様にそう誘われて、わたくしは思案する。

社交は、貴族令嬢にとって、いや、貴族にとって必須だ。

バン伯爵家にお世話になるようになり、そろそろ一か月。

このまま社交から逃れ続けることは悪手だろう。

ヴァンジラス王国から来たわたくしは、これといって目立つことはしてこなかった。

けれどイグナルトの婚約者であるジェレミィ・ダデラ伯爵令嬢がバン伯爵家にいる令嬢――すなわちわたくしのことをお茶会で話題に出し、ご婦人方の興味を引いてしまったらしい。

（余計なことをしてくださいますこと）

わたくしは少したりともイグナルトに好意を持っていないのだが、身近に異性がいるということが許し難いのだろう。

ユイリー叔母様が守ってくださっていたから、わたくしの耳に噂が入るのが遅かった。

このままわたくしが社交界に姿を現さないと、ユイリー叔母様の評判を落としかねない。

それに……。

わたくしは、ちらりとユイリー叔母様を見る。

できる限りわたくしが過ごしやすいように取り計らってくれている叔母様が、パーティーに誘うのだ。

「招待状には、わたくしの名前も明記されていたのでしょうか」

彼女が手にしている招待状は、侯爵家の紋章入り。

(確か、ユイリー叔母様と親しいゼトネア侯爵夫人よね)

以前ユイリー叔母様といくはずだった観劇の日に、急遽叔母様がお茶会に呼ばれていけなくなったから覚えている。

ゼトネア侯爵夫人はもともとはユイリー叔母様と同じ伯爵家の娘で、結婚して侯爵夫人になった方だとか。

昔から叔母様と仲が良く、結婚して侯爵夫人になった後も以前と変わらぬ付き合いをしているらしい。

つまり、信頼してよい相手なのだろう。

「もしよかったら、という形でのお誘いなの。だから、リディアナちゃんの気持ち次第よ」

柔らかく微笑む叔母様にわたくしは頷く。

「ご一緒できればと思いますわ」

「嬉しいわ。本当に年頃の女の子と一緒にパーティーに出る機会がなかったのですもの」

「ジェレミィ様とはお出かけにならないのですか？」

「……そうね。あの子は、イグナルトのことしか目に入らない子だから」

少し寂しげにユイリー叔母様は瞳を伏せる。

きっと、ユイリー叔母様はわたくしにしてくださったようにジェレミィにも優しく接したのだろうが、ジェレミィにとってはイグナルトの側にいる人間は家族であっても嫌なのだろう。

わたくしがいくつかのパーティーに顔を出せば、噂好きの貴族達も満足するに違いないし、ユイリー叔母様も喜んでくれるのなら嬉しいことだ。

「僕のために装ってくれて嬉しいよ、僕の天使」

無駄にきらきらとした気配をふりまきながら、馬車の中でイグナルトがわたくしの手をとり握る。

失礼にならない程度にそっと振りほどくが、わたくしの隣に座っているユイリー叔母様は、

「本当に仲良しねぇ」と嬉しそうに微笑んでいる。

（少しも仲良くありませんが！）

言えるものなら声を大にして言いたい。

（それに……）

今日のイグナルトは、いつにも増して香水の匂いが強い。

普段から常に香水の匂いをさせている人だが、今日のこの香水の強さは何だろう。

同じ馬車の中にいると、鼻がおかしくなりそうだ。

「イグナルト様、今日は随分と、良い香りですね」

直訳すれば香水の匂いが臭いと言い切っているのだが、イグナルトが気づくことはない。

「天使が僕のために選んでくれた香水だからね。念入りにつけておいたんだ」

（あぁ、やっぱりね）

自信満々に言い切るイグナルトに、もう乾いた笑いしか出ない。

香水はわたくしが選んだわけではない。先日アレクがお忍びの偽装工作のために用意してくれていたものだ。

選んでなどいないとは言えないし、つけないでなどとはもっと言えない。

きっと、適量であるならばとても良い香りであるに違いないのに、これほどまでに強いと胸やけを起こしそうだ。

自分自身でも香水をつけてきてしまっているから、なおのこと辛（つら）い。

「少し窓を開けましょうか」

ユイリー叔母様が気付いて、馬車の窓を少し開けてくれた。

すーっと流れてくる風が匂いを弱めてくれてほっとする。

（ユイリー叔母様と二人で来るはずでしたのに）

なぜか強引にイグナルトまでついてきてしまった。

先日のように隣に座って密着されていないだけましだろうか。

ユイリー叔母様の隣に即座に座ったから、イグナルトはわたくし達の前の席に向かい合って座るしかなかった。

ゼトネア侯爵家に着くと、すでに何台もの馬車が並んでいる。

思ったよりも大きなパーティーだったようだ。

「大丈夫よ」

わたくしの不安を感じ取ったのか、ユイリー叔母様が手を握ってくれる。

「えぇ、何も心配しておりませんわ」

わたくしはにこりと微笑んで、三人でパーティー会場へ足を踏み入れる。

（懐（なつ）かしいわね）

煌（きら）びやかなシャンデリアを見上げ、そう思う。

リスルテア王国に来る前から、パーティーには顔を出していなかった。

ほんの数か月のことだが、なんだか遠い世界に感じてしまう。

ゼトネア侯爵夫人に三人で招いて頂いたご挨拶にいき、あとは、寄ってくる貴婦人達のお相手を上手(うま)くすれば今日の役目は終わりだ。

興味津々(しんしん)で近づいてくる彼女らを相手にするのは何ら問題がない。

ヴァンジラス王国では公爵令嬢というだけですり寄ってくる輩(やから)は多かったし、粗探(あらさが)しをするものはその倍はいたのだから。

隣国だけあって、わたくしを公爵令嬢だとわかって声をかけてくるものは少ない。

ユイリー叔母様は遠縁の子で通しているようだ。

ならばわたくしも無駄な情報は与えず、相手の会話を利用してこちらに話題を持ってこさせないようにする。

……そうしていたのだが。

「彼女は本当に聡明(そうめい)で美しくて、僕は鼻が高いですよ」

どうしてイグナルトはわたくしの側に引っ付いているのかしらね？

扇子を持っていてよかった。

口元が引きつるのを隠し通せる。

イグナルトがもてるというのは本当なのだろう。

会場に入った瞬間、ご令嬢達が熱い視線を送ってきていたのだから。

なるほど、黙って立っていれば確かに顔は整ってはいるし、背も高く、伯爵家の嫡男。

婚約者がいなければ、優良物件に見えるのかもしれない。

けれど一緒に住んでいるせいか距離が近すぎて、わたくしには彼の何が良いのかさっぱりわからない。

イグナルトがいつ余計なことを言うかとひやひやしながら好奇心旺盛な方々の対応をひとしきり終えた時、不意に、入口の辺りがざわつき出した。

(なにかしらね?)

「アレクサンダー様よ!」

「エネディウス侯爵家の？　めったにパーティーには顔を出されないのに」

(アレクサンダー？　エネディウス侯爵家？)

令嬢達が黄色い声を上げながら、入口の方に身を乗り出す。

何とはなしに見ていただけだったが、入ってきた人物に息が止まった。

猛禽類を思わせる金色の瞳、すっと通った鼻筋、燃えるような赤い髪。

髪の色こそ違っていても、わたくしがアレクを見間違えるはずがない。

(嘘でしょう？)

エネディウス侯爵家の、貴族然としたアレクが女性をエスコートしながらパーティー会場へ入ってくる。

イグナルトはそんな彼を見て軽く舌打ちをした。

「僕のほうがどう見たって美しいのに」

小声で呟く姿から、彼はアレクサンダーがアレクだとは気づいていないようだ。

商人姿とはまったく違う装いだからだろうか。

わたくしは一目でわかったというのに。

（それよりも……）

隣にいる女性は、どなただろう。

白金の髪に、水色の瞳が愛らしい美少女だ。

アレクがとても優しい目で見つめ、彼女も嬉しそうに微笑んでいる。

二人の姿に、どうしようもなく胸が痛んだ。

（わたくしは勘違いをしていたのね……）

何度も助けられ、また会いたいなどと言われたから、期待してしまった。

周囲の噂話が嫌でも耳に入ってくる。

――幼馴染で、アレクサンダー様の想い人。

――ペトラ・カトミアル子爵令嬢は爵位が低くて婚約できない。

――エネディウス侯爵子息は騎士団所属で、魔法剣の達人。

――爵位の問題さえなければ、いつ婚約してもおかしくはない。

――エネディウス侯爵家嫡男でありながら婚約者を作らないのは、カトミアル子爵令嬢を愛しているからだ。


カトミアル子爵令嬢への誹謗中傷も聞こえてきたが、そんなものはどうでもよい。

アレクはカトミアル子爵令嬢が側にいるにもかかわらず、むしろ押しのけるかのように寄ってくるご令嬢達に辟易しているようだ。

冷たくあしらう声がここまで聞こえてきている。

わたくしがあんな態度をされたら、耐えられない。

そしてそんな冷たい対応をしているとご令嬢達も諦めて立ち去るのだが、カトミアル子爵令嬢には蕩けそうな笑顔を向けている。

アレクはわたくしに気づくことなく、カトミアル子爵令嬢とどこかへいってしまった。

ブレスレットにそっと指を這わす。

今日は、青と碧の石ではなく、金と赤のブレスレットを身に着けていた。

もらった時は、金はアレクの瞳の色だと思った。赤は好きな色なのかとも。

けれどいまならわかる。

金は瞳の、赤は髪の色だ。

(愛する人がいながら、自分の色をわたくしに贈るだなんて)

そんなつもりはなかったのかもしれない。

最初に思った通り、ただ単に好きな色だったのかもしれない。

けれど泣きたくなってくる。

「まぁまぁ、リディアナちゃん、疲れてしまったかしら？」

心の中がぐちゃぐちゃでも貴族らしく表情は一切崩さずにいたのに、ユイリー叔母様に気づかれてしまった。

「いえ、大丈夫ですわ。お気遣い……」

「なぜ貴方がまたいるのよ！」

わたくしの声に被せるように、聞いた声が響く。

見なくともわかる。

「ジェレミィ・ダデラ伯爵令嬢。お久しぶりですわね。その後、如何されまして？」

「如何ってなによ。わたしはなぜ貴方がイグナルト様とここにいるのかと聞いているのよ」

怒りに顔を染めた彼女は、今日も艶やかな黒髪を後頭部に一つにまとめ、近寄りがたい雰囲気を醸し出している。

そんな彼女に、わたくしは自分の頬を扇子ですっと撫でて見せた。

瞬間、ジェレミィはびくりと一瞬退いた。

(タイバス劇場でのことをきちんと覚えているようね？　そうでなければ才女だなどとは評されることはないでしょうから)

わたくしの身分も思い出してくれたことだろう。

「それで、わたくしがここにいることについての説明を、ダデラ『伯爵令嬢』に伝える必要はあるのかしら」

にこりと、冷めた笑顔を向ける。

伯爵令嬢でしかない貴方に、公爵令嬢であるわたくしが説明する必要などないわよねという言外の意味はしっかりと伝わっているようだ。

「いえ、驚きのあまり、失礼な言動を申し訳ございませんでした……」

悔しさが滲むものの、ジェレミィはきちんとわたくしに詫びて頭を下げる。

ユイリー叔母様が隣で驚きに息を飲んだ。

普段なら、ここできっと彼女はタイバス劇場でしたような失態を見せてしまうのだろう。

悋気さえ抑えられれば、彼女は美しく聡明な婚約者に違いない。

「そうだぞ、君はいつも相手を一方的に否定してばかりだ。僕の天使に対しても失礼極まりない。立場をわきまえたまえ」

大人しくしようとしているジェレミィに、イグナルトが追い打ちをかける。

か。

（あぁ、もう、この男は余計なことばかり！）

これではわたくしとイグナルトの関係を誤解してくださいと言っているようなものではないか。

悔しさと怒りか、ジェレミィはぷるぷると小刻みに震えている。

「ユイリー叔母様、わたくしはやはり少し風に当たってきますわね」

一秒とてこの人の側にはいたくない。

ジェレミィと関わるのもごめんだ。

婚約者同士不仲なのはお互いの問題であって、無関係のわたくしを巻き込まないで欲しい。

「えぇ、そうするといいわ」

空気を読んだ叔母様が、わたくしをジェレミィから離すべく、テラスのほうへ促してくれる。

「ああ、それなら僕も一緒に」

「いいえ、とんでもございませんわ。大切な婚約者がいらっしゃるのですもの。そろそろダンスが始まります。ファーストダンスは、婚約者と踊るのが常識でしてよ？」

ついてこようとしたイグナルトに覆い被せるように、ダンスを示唆する。

目の前に婚約者がいるのだ。

さすがに、婚約者を無視してファーストダンスをわたくしとしようとはしないだろう。

「そうよ、イグナルトはジェレミィをエスコートしてあげるべきだわ。彼女は未来のバン伯爵夫人ですもの。今日はわたしとイグナルトとリディアナでここへ来てしまったから、ジェレミィをエスコートできなかったでしょう?」

叔母様、さすがです。

ふんわりおっとりしているユイリー叔母様だが、それとなくジェレミィにイグナルトがわたくしをエスコートして入場などはしていないということを伝えてくれている。

三人で会場に入ったのだ。

イグナルトはエスコートしたそうにしていたが、わたくしはユイリー叔母様の隣にぴたりと寄り添っていたから、そうはならなかった。

ジェレミィもそのことに気がついたのか、眉間の皺がふっと解れた。

彼女の意識がわたくしからそれている隙に、さっさとテラスに移動する。

会場に穏やかなワルツが流れだす。

テラスで一人になると、アレクのことが思い出された。

(カトミアル子爵令嬢は、アレクの大切な方なのね)

小柄で可愛らしい人だった。

フリルの沢山ついた淡い水色のドレスがよく似合っていた。

つんと澄まして冷たい印象を与えるわたくしとは正反対だ。

わたくしは自分のドレスを見つめる。鮮やかな赤い生地に、金の刺繍が施され、肩からはおるピンク色のショールはレースがふんだんに使われたものだ。愛らしさよりも、豪奢な雰囲気はわたくしによく似合っていたけれど、カトミアル子爵令嬢のような可愛らしさにはほど遠い。

あれほど、愛おしそうにアレクはカトミアル子爵令嬢を見つめていたのだ。可愛らしい小柄な少女が好みなのだろう。

赤いドレスを着てきたのは、アレクを想っていたわけではない。

けれど、彼が贈ってくれたブレスレットの色には合うと思った。

泣いたりはしない。

けれど、夜風に一人で当たっていると、どうしようもなく寂しくなってくる。

ーーー……っ、ーーーめて……っ

どこからか、何かが聞こえてきた。

庭の暗がりからだ。

人の話し声だろうか。

耳を澄ますと、数人の声が微かに聞こえてくる。

わたくしは声のするほうへそっと歩いていく。

「子爵令嬢の分際で、ずうずうしいとは思いませんこと？　何様のつもりなのかしら」

「あの、その……」

「おだまりなさい！　あなたの言い分なんて聞いていなくてよ」

「アレクサンダー様もお可哀想だわ。あなたみたいな子が幼馴染だなんて。爵位も領地も何もかも釣り合っていないじゃない」

「お優しい方だから、放っておけないのでしょうけれど、身のほどというものを知るべきでしょう」

聞こえる会話に嫌な予感がする。

見れば、数人の令嬢がカトミアル子爵令嬢を取り囲んでいる。

（マリーナ……）

初めて彼女に出会った時が思い出された。

礼儀作法の酷さから、あの時もこうやって令嬢達にマリーナは囲まれ、責められていた。

彼女の性格から、今思い返せば、あれはマリーナがわたくしの友人達をわざと挑発したのだろう。

庇うのはわたくしでなくともよかったのかもしれない。

高位貴族の目に留まり、自分を守る存在を手に入れられればそれで。

……カトミアル子爵令嬢もそうなのだろうか。

自分の外見を最大限利用し、か弱く可憐な令嬢として振る舞い、他人を陥れる。

ここでわたくしが助けたとして、彼女もまた、わたくしを嗤(わら)うのではないだろうか。

『リディアナはねぇ、落ちこぼれなのよ』

『リディアナは劣等感の塊(かたまり)なんだから。なんでも『すごいすごーいっ！』って喜んで見せればすぐご機嫌になるし、何でも買ってくれるんだから。便利なのよ？』

親友だと思っていたマリーナのわたくしを嘲笑(あざわら)う姿を思い出すと、泣きたくなる。

立ち去ってしまえばいい。

わたくしは、何も見なかった。

主催者でもなく、ただの来客なのだ。

会場の外の出来事に、わたくしの責任など何もない。

ないけれど。

(アレクは、悲しむでしょうね)

自分の大切な人がこんな風に虐(しいた)げられていたら。

アレクは侯爵家子息だ。

ずっとカトミアル子爵令嬢といることはできなかったのだろう。

その隙を狙って、こうして連れ出されてしまったに違いない。

子爵令嬢という低い身分では、高位の貴族に逆らうなど到底できないのだから。

カトミアル子爵令嬢を理不尽に責め立てていた令嬢の一人が、苛立(いらだ)ちのままに突き飛ばす。

彼女は避(よ)けられずに、そのまま地面に倒れ込んだ。

なおも叩(たた)こうとする令嬢に咄嗟(とっさ)に駆け寄って、わたくしはその手を掴(つか)んだ。

「おやめなさい！」

「あ、あなた何よいきなり！」

「随分と物騒なのね。これが、ゼトネア侯爵家の歓迎の仕方なのかしら」

「何を言っているのよ、わたしを誰だと……！」

「ゼトネア侯爵令嬢でしょう。先ほどご挨拶させて頂きましたわね？」

にこりと微笑めば、薄明かりの中でもわたくしが誰であったかわかったようだ。

掴んでいた手首を離してあげると、ゼトネア侯爵令嬢は数歩後ずさる。

「それで、こちらはどうしたことかしら。わたくしの目には、一人のご令嬢を集団でよってたかって虐げているように見えるのですけれど」

「ご、誤解ですわ。子爵令嬢でありながら、挨拶もまともにできないから、礼儀作法を教えて差し上げていたまでです」

「そう。ゼトネア侯爵令嬢の挨拶は平手打ちなのね。随分と大胆なご挨拶だけれど、わたくしも見習った方が良いのかしら。皆様はどう思いまして？」

周囲の令嬢の顔を一人ひとり見渡す。

『全員、顔は覚えましてよ？』

そう印象付けるために。

わたくしを知らない令嬢達であっても、ゼトネア侯爵令嬢の様子から、逆らっては不味い相手だということは理解できているようだ。

お互いの顔色を窺い、じっと動かない。

きっと、乗り気などではなかった令嬢もいるのだろう。

自分よりも上位のゼトネア侯爵令嬢に言われれば、嫌でも逆らえないのだから。

（まるで、以前のわたくしのようね……）

フィオーリ・ファルファファラ伯爵令嬢。

わたくしがマリーナを虐めている元凶だと思い込み、陥れ、虐げてしまった彼女を嫌でも思い出してしまう。こんな風に直接フィオーリを虐げたことはないけれど、彼女が孤立するよう下位令嬢達に指示し、陥れたのはわたくしだ。

公爵令嬢であるわたくしを、誰も止められなかった。

「そろそろ会場に戻りますわ。貴方達もついて来なさい！」

ゼトネア侯爵令嬢がばつが悪そうに踵を返すと、取り巻き達も急ぎ後をついていく。

ふぅっと、息をつく。

「貴方、大丈夫？　立てるかしら」

カトミアル子爵令嬢に手を差し伸べる。

「あ、はいっ、あの、ありがとうございます……」

水色の瞳に涙を溜めながら、わたくしの手をおずおずと取る。

遠めでも小柄なのはわかったが、こうして並ぶとより一層顕著だ。

頭一つ分は小さい。

華奢で小さくて、守りたくなる。髪の色といい目の色といい色彩はまったく違うというのに、本当にマリーナのようだ。

涙を零す彼女に、ハンカチを差し出す。

「すみません……」

「謝ることではないわ。落ち着いたら、会場に戻りましょう」

泣きながら戻ったら、好奇の視線を一身に浴びてしまう。

丁度ベンチがあったので、そこへ促す。

(怪我は特にしていなさそうだけれど、このまま戻るわけにはいかないわね)

彼女は気づいていないが、ドレスのスカートが随分と汚れている。

薄明かりでよく見えないが、倒れた時に汚れたのだろう。

「わ、わたし、昔から、何をしてもダメだったんです……れ、礼儀作法も、苦手で……」

「そうかしら？　綺麗なカーテシーをしていたと思うわ」

「見ていらしたのですか？」

「ええ」

アレクの隣で、ゼトネア侯爵夫人に挨拶をしていたのは見ていた。

「礼儀作法がなっていないとなじられていたようだけれど、あれは気にしなくてよい類の言葉よ？」

明らかに言いがかりだ。

ただ単にアレクの側にいるカトミアル子爵令嬢が気に入らなかったのだろう。

理由など何でもいいのだ。

「そうでしょうか……」

「ええ。でも、強いて言うのなら、主催者の好む色は避けておいた方が無難かもしれないわね？」

ゼトネア侯爵夫人は水色を好む。

だから今日招かれた来客達は、差し色に水色を使っていても、ドレスは水色を避けている。

けれどカトミアル子爵令嬢のドレスは水色だ。

ゼトネア侯爵夫人はそういったことに煩い方ではないことは事前に知っているが、色被りを極端に嫌う貴族も多い。

ドレスコードに色指定がないのなら、気をつけておいて損はないだろう。

アレクの側にいるのなら、令嬢達からのやっかみは今後も続くだろうから。

わざわざ付け入るスキを与えてあげる必要はない。

「好きな色では、いけないのですか？」

「主催者と同じ色のドレスを着ることになるでしょう？　お揃いを好む方と、嫌う方がいるの」

「わ、わたし、初めて知りました……っ、教えてくださり、ありがとうございます！」

恥ずかしさに少し顔を赤らめて、お礼を言う姿に胸が痛む。

(どうしてこんなにも、マリーナに似ているのかしらね)

顔立ちはまったく似ていない。

けれどわたくしを尊敬しているかのように見つめ、素直な様子が似すぎていて、どうしても苦手意識が出てきてしまう。

カトミアル子爵令嬢は、マリーナではない。

軽く頭をふって、わたくしは羽織っていたショールをカトミアル子爵令嬢に手渡す。

肩ではなく腰に巻けばドレスの汚れを隠せるだろう。

「ドレスが少し汚れているわ。これで隠すといいでしょう」

「まぁっ、こんな素敵なショールを貸して頂けるのですか？　何から何まで、本当に、すみませんっ」

「いいのよ。腰の部分に使ってね。そろそろ会場へ戻りましょう」

わたくしがもっと早く止めに入っていたら、突き飛ばされずに済んだのだ。

随分とわたくしは臆病になったものだ。

会場に戻り、カトミアル子爵令嬢と別れると、イグナルトが気分良さげにメイドに話しかけている。

ジェレミィは少し離れた場所で、友人のご令嬢と何やら話していた。

けれどその目はちらりとイグナルトとメイドを抜かりなく観察しているようだ。

「魔物なんか、僕の剣にかかれば一瞬で倒せるさ。君もそう思うだろう？」

メイドの手を取ったりはしていないが、ジェレミィの前でよくできるものだ。

貴族に話しかけられれば、無視するわけにもいかないだろう。

仕事途中のメイドは困ったように曖昧に微笑んでいる。

まだ勤め始めて日が浅いのだろう。

貴族というより絡んでくる男性へのあしらいが上手くできなさそうだ。

そばかすの浮かぶ顔は幼く愛らしい。三つ編みに下ろした髪は茶色に近い金髪だ。だからイグナルトに目を付けられてしまったのかもしれない。

仕方がない。

こちらから話しかけたくなどないが、このままではメイドが気の毒だ。

「イグナルト様。どこかに魔物が出現しましたの？」

「おぉ、これはこれは僕の天使。いつの間に側にいたんだい？　気づかなくてごめんよ」

いまのいままで話していたメイドのことは忘れたかのように振る舞うイグナルト。

わたくしはメイドに目配せを送り、逃げるように伝える。

イグナルトの背後でメイドは頭を下げ、急ぎ去っていく。

「少し夜風に当たっていましたの。ユイリー叔母様はどちらかしら」

「母上なら、ゼトネア侯爵夫人と話しているよ。それより、魔物について知りたいのかい？」

いえ、まったく、と言いそうになる。

メイドを逃がすための口実だっただけだけれど、ここは同意するしかない。

「えぇ、そうね。この国では、やはり魔物の被害は多いのかしら」

パーティーの客達の噂話は、わたくしの耳にも届いている。

ヴァンジラス王国よりも結界の弱いこの国では、どうしても魔物の被害は多いようだ。

「西の結界石が特に弱まっているらしいからね。ここは王都だからたいして気にしなくても大丈夫だけれど、数匹目撃情報が出ているらしい。でも各屋敷の庭にも結界石は埋め込まれているし、特に僕の家は強い結界石を使っているから安心だよ」

自信満々に胸をそらすが、その結界石を手配したのはイグナルトではなくバン伯爵でしょうに。

「素晴らしいですわね」

「そうだろうそうだろう、まぁ、魔物が出ても僕の剣の腕なら倒せるからね。リディアナ様は僕を頼るといい」

「騎士団に勤めていましたの？」

「いや、文官だけど？」

きょとんとする彼に、溜め息が出そうになる。

（……どうして、身体を鍛えているわけでもないのに、自信満々なのかしらね？）

わたくしも魔物に遭遇したことはないが、大暴走の恐ろしさは伝え聞いている。それにそこまで大規模ではなくとも、王宮騎士団と王宮魔導師団が常に警戒し、魔物の被害を最小限に抑えている。

何の技術も持たない貴族が気軽に倒せるようなものではない。けれどそれを彼に突き付けても怒るだけで無意味だろう。

（アレクなら、きっと一瞬で魔物を片付けるのでしょうね）

商人と偽っていた時から、彼は強かった。大衆食堂で酔客達を軽々とのしていた姿が思い出される。本当は王宮騎士団所属の騎士だというのだから、その実力は折り紙付きだ。

何の実力もないのに、魔物が出たらいかにわたくしを守るかを熱く語るイグナルトの言葉を聞き流し、ユイリー叔母様が戻るのを待つ。

（ジェレミィの目線が痛いのよね）

メイドを助けるために声をかけたが、ジェレミィの位置からでは内容など聞こえないだろう。

それどころか、彼女の中ではわたくしがイグナルトの気を引こうと声をかけたように映っていそうだ。

二人でなどいたくもないのだが、再び夜風に当たりにいくにも、イグナルトもついて来そうで絶対に避けたい。

腰に回されそうになる手を避け、給仕に飲み物を二つ頼む。

そのうちの一つはイグナルトへだ。

グラスに注がれているのはワインではなく梨のジュースだ。

これならユイリー叔母様が多少戻るのが遅くとも、悪酔いされる心配がない。

どれほど自分がもてるか、仕事ができるか、そして強いか。

酔っていないはずなのに延々語り続けるイグナルトに、こちらを射殺しそうな目で見ているジェレミィ。

(あぁ、叔母様、早く帰ってきて)

しばらくしてユイリー叔母様が戻ってきた時、わたくしはもうぐったりとしていた。

（あぁ、もうこのまま眠ってしまいたいわね）

バン伯爵家の自室へ戻ると、わたくしはベッドにそのまま埋もれたい衝動に駆られる。

せっかく叔母様が戻ってきて、バン伯爵家へ帰れるというのに、馬車の中でまでイグナルトの自慢話が続いたのだ。

だから限界の来たわたくしが、「そんな貴方を愛し続けることができるジェレミィ様は素敵ですね」と、意訳すればあなたにわたくしは少しも興味がないのだとはっきり示したのだが、イグナルトは少しも嫌味に気づかない。

もう本当に、今日はいろいろなことがありすぎた。

アレクのこと。

ペトラ・カトミアル子爵令嬢のこと。

ジェレミィのこと。

イグナルトのこと。

イグナルトについてだけは今日に限ったことではないが、疲れるものは疲れるのだ。

このまま寝てしまってもいいだろうか。

お風呂は朝に入りたい。

ドレスが皺になるが、もう本当にくたくたなのだ。

瞼（まぶた）を閉じるだけで、すうっと意識が吸い込まれていくようだ。

――コンッ……

――コンッ、コンッ

何の音だろう。

小さな物音が聞こえた。

ベッドに寄りかかるように眠りかけていたわたくしは、立ち上がって音のする方に近づいてみる。

(窓の外、よね?)

そうっと、少しだけカーテンを開けてみる。

「やぁ」

息が止まるかと思った。出そうになった声を片手で口を押さえて止める。

窓の外にアレクが立っている。

パーティーで見た時と同じ姿で、赤い髪が目立っている。

「貴方、どうして? ここは伯爵家よ。見つかったら……っ」

「そうならないように、部屋に入れてくれないか?」

慌(あわ)てて部屋に引き入れる。

よく考えたら婚約者でもない異性と部屋で二人きりなどと本来あってはならないことなのだが、非常事態だ。

エネディウス侯爵子息がバン伯爵家へ無断侵入などと、どんな騒ぎになってしまうか想像もしたくない。

「どうぞ、そちらにおかけになって」

アレクに椅子を促す。

(カーラに何か飲み物を持ってきてもらう？　いえ、見つかったら大変だわ)

彼女が騒ぎ立てるようなことは決してないが、驚かせることは間違いない。

一番驚いているのはわたくしだけれど。

魔導ポットの中にまだ熱いお湯があったはず。

(紅茶ならわたくしも淹れられるわよね……)

カーラがいつも用意してくれる紅茶セットは部屋に備え付けてある。

わたくしはどきどきしながら紅茶を淹れ、アレクに差し出した。

「美味しいな」

「そう、それなら良かったわ」

マリーナに淹れてあげたくて覚えた紅茶の淹れ方だったが、こんな時に役に立つとは思わなかった。

「それで、こんな時間にどうしてこちらへ？」

大商人であれ、侯爵子息であれ、伯爵家へ不法侵入よろしくやってくるのは如何なものだろうか。

わたくしがすでに寝ていたら、ほかのだれかに見つかっていた可能性もあるのに。

本当に寝ていなくてよかった。

着替えも済ませずに睡魔に負けかけたわたくしだが、ドレス姿のままなのもよかった。そうでなかったら、わたくしはナイトドレスでアレクと向き合うことになってしまっていた。

「……本当に、綺麗だな」

わたくしの質問には答えずに、アレクはわたくしを見つめてそんなことを言う。あまりにも真っ直ぐに向けられた視線に、わたくしは戸惑いを隠せない。

「急に、何ですの？」

「いや、パーティーでは少しも話せなかったから。ダンスを誘おうにも、会場中どこにも見当たらなかった」

それはそうだろう。

わたくしはイグナルトを避けるためにテラスに逃げてしまっていた。

けれどそもそも、カトミアル子爵令嬢を差し置いて、わたくしとダンスを踊ろうとするのはどうだろう。

二人はまだ婚約こそしていないようだが、周囲から恋人として見られている仲なのに、わたくしと踊ったりしては問題になるのではないだろうか。

ファーストダンスを避け、連続して踊ったりしなければ誤解はそうそうないだろうが、大切な想い人がいるのなら、不要なダンスは避けたほうがいいだろう。

でも……。

(会場中を、探し回ってくださったの？)

わたくしと踊るためにそうしてくれたと思うと、どうしても嬉しくなる。

「少し、席を外していましたの。その時に、ペトラを助けてくれたんだろう？　感謝してる」

「そうらしいな。人酔いしてしまっていたのでテラスで涼んでいましたわ」

がばっと、アレクが頭を下げた。

「そんな、頭を上げてくださらない？　大したことはしていないわ」

わたくしは慌てて止める。

どうしてそのことをアレクは知っているのだろう。

「いいや、殴ろうとした相手の手を掴んで止めてくれたんだろう？」

「どうしてわたくしだと？」

彼女から助けられたことを聞いたのかもしれないが、わたくしは彼女に名乗らなかった。誰に助けられたのか、カトミアル子爵令嬢にはわからなかったはずだ。

「ハンカチと、ショールだ。淡いピンクのショールはリディアナがまとっていたのを見ていたし、ハンカチにバン伯爵家の家紋が刺繍されていたからわかった。俺が離れた間にあんな目に遭うだなんて」

　ぎりっとアレクが悔しげに奥歯を鳴らす。

　本当に大切な方なのだろう。

　わたくしの胸がまた小さく痛む。

「大切な方ですのね」

「あぁ、幼馴染なんだ。それこそあいつが生まれた時から知っている。姉弟揃って俺をほんとの兄みたいに慕ってくれてるんだ」

　金色の瞳を嬉しそうに細める。

　いままで見たことのない表情だ。

　愛しくて愛しくてたまらない。そんな風に思えた。

「いつも一緒ですのね」

「まぁな。あいつの家は子爵家だから、すべてのパーティーに一緒に出ることができないのが難点か。爵位ってやつは、面倒だ」

「それで、商人に扮(ふん)していましたの？」

　今日までわたくしはアレクを平民だと思っていた。

下町のこともよく知っていたし、昨日今日商人と偽るようになったわけではなさそうだ。

カトミアル子爵令嬢と出かけるには、侯爵子息よりも大商人のほうがまだ目立たない。

「それはまた別の事情があるんだが、まぁ、あいつも俺が商人に扮していることは知っているしな」

彼女になら事情を話しているのだろうか。

話しているのでしょうね。

わたくしとは、つい最近知り合ったばかりですもの。

幼馴染の彼女とは、付き合いの長さも思いの深さも何もかも敵わない。

「……お話は、それだけですの？」

こんな言い方は意地悪かもしれない。

けれど、アレクの口から愛おしそうに彼女の話を聞くのは辛い。

「あぁ、すまない。長居して人に見られたら不味いよな。お礼だけでも、伝えたくてさ。次は、きちんと正面から訪ねさせてもらうよ」

長居してくれてかまわない。

ずっと本当はいて欲しい。

けれど、彼女の話をされるならば、泣いてしまいたくなる。

「えぇ、そうしてもらえたら嬉しいわ」

そんな日は来るのだろうか。

エネディウス侯爵子息アレクサンダーとして？

身分は問題ない。

わたくしは、瑕疵(かし)があるとはいえゴルゾンドーラ公爵令嬢だ。

でもそれは身分だけのこと。

カトミアル子爵令嬢よりも想われているのでなければ、身分だけが釣り合っていようとも何の意味もない。

来た時と同じように、窓からそっと出ていく彼を見送って、想う。

また、すぐに会いたい。

けれど会いたくない。

彼女を想うアレクと、わたくしは、今後どう接していったらいいの？

まとまらない気持ちと考えはぐるぐると頭の中を渦巻いて、わたくしはあれほど眠たかったのに、一睡もできなかった。

「リディアナちゃん、カトミアル子爵令嬢からお手紙が届いているわよ。いつの間にお友達になったのかしら」

アレクの急な来訪から数日。

ユイリー叔母様がわたくし宛の手紙を持って現れた。

特にこれといって接点のなさそうなわたくしに名指しで手紙が届き、ユイリー叔母様は不思議そうな顔をしている。

「実は、先日のゼトネア侯爵夫人のパーティーで知り合いましたの。丁度、叔母様と離れていた時でしたわ」

「そうだったの……ゼトネア侯爵夫人の……」

なにかしら？

ユイリー叔母様が不安げな表情を浮かべる。

まさか、ゼトネア侯爵令嬢が何か言ってきたのだろうか。

いくらでも言い返すことはできるが、ユイリー叔母様の負担になるようなことは避けたい。

もう少し彼女の自尊心を傷つけない方法で止めるべきだっただろうか。

「ゼトネア侯爵夫人と何かありましたか？」

「いいえ、彼女とは何もないのよ。ただねぇ、彼女のところのメイドが一人、行方不明になってしまったそうなの。まだお屋敷に勤め出したばかりだったそうだけれど、とても真面目でよい子だったそうよ」

「そうですか。それは心配ですね……」

「えぇ。平民にしては珍しく金髪だったから、それで良からぬ輩に目を付けられてしまったのではないか、って」

金髪のメイド。

イグナルトに絡まれていた子が頭に思い浮かんだ。

ジェレミィがきつい眼差しで目を付けていた子でもある。

不慣れな感じで、貴族のあしらい方もまだわからない若い女の子だった。貴族には多い金髪も、平民には珍しい。

だから、そういった良からぬ輩に目を付けられての不幸にも遭いやすい。

けれど何だろう。

何か胸につかえるような、もやもやとした気持ちが残るのは。

「早く、無事に見つかるとよいですね」

「ええ、本当に。リディアナちゃんも美しい金髪だから、この間のように内緒で街へ出かけたりはしないでね？　王都は治安が良い方だけれど、とても、心配なの」

叔母様が心底わたくしを心配してくれているのがわかる。

「ご心配ありがとうございます。出かける時は、必ず叔母様に伝えますわ」

わたくしは手渡された手紙を開けてみる。

ペトラ・カトミアル子爵令嬢から手紙を送られることについては、思い当たることは一つしかない。

中を見れば思った通り、子爵令嬢とは思えないほどの美麗な、けれどどこか丸みを帯びて愛らしい文字が綴るのは、わたくしへの感謝の言葉だ。

そして、できれば、お礼にお茶会に招きたいと記されている。

（出かけること自体は問題ないのだけれど……）

あまり、気乗りはしない。

マリーナによく似た彼女には、どうしても苦手意識が出る。

アレクの想い人だと思うと、胃もすくむ気がする。

けれどここで断ると、彼女はとても気に病むだろう。わたくしに対して失礼があったのではないかと。

それはわたくしの望むものではない。

ただ、いまさっきユイリー叔母様と約束したばかりだから、黙って出かけることはできないし、お茶会なのでカーラと入れ替わるのも難しい。そうすると、問題はイグナルトだ。

ついてくるだろうか？

さすがに彼を連れてカトミアル子爵令嬢のもとへいきたくはない。

平民に対するほどではないと思いたいが、イグナルトは自分よりも爵位の低い相手には横柄だ。はっきり言ってしまえばとても失礼な対応をする人だから、そもそも側にいたくない。

お茶会は、時間的には普段彼が王宮に勤めに出ている時間帯だ。

けれど彼のことだから、また休みを取るなどしそうで油断できない。

呼ばれているのはわたくしだけだからといえば、納得するだろうか？

（……悩んでも仕方がないわね）

いくことは確定だが、そこから先はその時に考えて対応するしかなさそうだ。

わたくしはユイリー叔母様にお茶会へいくことを伝えてから、カトミアル子爵令嬢への返事をしたためた。

「どこへ出かけるんだ？」

余所いきの装いに気づいたイグナルトが、声に険を乗せて問いかけてくる。

（あぁ、やっぱりね）

わたくしは溜め息を押し殺してイグナルトを振り返る。

今日はカトミアル子爵令嬢とのお茶会の日なのだが、イグナルトが早く帰ってきてしまったのだ。

もう少し遅かったなら、会わずに済んだものを。

「カトミアル子爵令嬢とのお茶会ですわ。もちろん、ユイリー叔母様にも了承済みでしてよ」

「僕は聞いていなかった！」

「あら、そうだったかしら。『女同士の』お茶会に興味がございましたの？」

男性はいないのだと、暗にほのめかす。

お茶会でも女性だけとは限らないのだ。

イグナルトもそれで苛立っているのだろうから。

「カトミアル子爵令嬢というと、あの白髪の女か。友人だったのか？」

「ええ」

白髪と言った時の侮る顔に舌打ちしたくなる。

彼女の髪は確かに白く見えるが、束ねるとうっすらと金色に光っていた。白髪というより白金色だろう。

金髪が好きなイグナルトにわざわざそれを教える気はないが。自分の髪が金髪であることは、それほどに誇るべきことなのだろうか。

ヴァンジラス王国では赤や橙色、緑色や水色の鮮やかな髪色が魔力の多いものの証で、金髪はただ綺麗なだけでそれ以上の価値はない。リスルテア王国では金髪が魔力を多く持つということもないはずだ。彼の無意味な自信には辟易する。

「招待状は？」

「えっ」

何を言い出すのだこの人は。

わたくしは思わず二度見してしまう。

「招待状があるだろう。見せてくれ」

「……もうそろそろ家を出ませんと、遅れてしまいますわ」

踵を返し、玄関へ向かおうとするとさっと回り込まれて、壁に手をつかれる。

「通して頂けませんこと？」

「見せられないのか？」

あぁ、もう、鬱陶しい。

わたくしは仕方なくカトミアル子爵令嬢の手紙を見せる。

ただし、封筒だけだ。渡さずに、差出人を見せる。

「ふむ……本当にカトミアル子爵令嬢からの手紙なのだな」

差出人の署名を見て、イグナルトは納得したようだ。

何を疑っていたのだろう。

この男の考えは理解に苦しむ。

わたくしがそれこそ異性と出かけようと、イグナルトには一切関係がないというのに。

「何か誤解があったようですが、わたくしは友人のお茶会へいくだけです。失礼しますね」

イグナルトの横をすり抜けて、わたくしは玄関へ向かう。

今度は邪魔されなかったし、ついていくと駄々をこねられることもなかった。金髪でないご令嬢には興味がないのだろう。

(遅れてしまうかしら)

馬車に揺られながら、時間を確認する。

イグナルトに随分時間を取られてしまった。

同じ王都の中とはいえ、カトミアル子爵家は立地的にバン伯爵家から離れている。

早く着きすぎるのも問題だが、大幅に遅れるのもマナー違反だ。

やきもきしながら時計と窓の外を交互に眺めていると、なんとか時間よりさほど遅れずに子爵家に着いたようだ。

メイドにカトミアル子爵家の庭へ案内される。

小さいながらもよく手入れをされていて、ピンク色の薔薇が沢山咲いているのも可愛らしい。

庭では、すでにペトラ・カトミアル子爵令嬢が待っていた。

そしてその隣には、アレクも。

「よぉ！」

にかりと笑いながら挨拶してくる。

(なぜ、アレクがここに？)

心の動揺を抑え、わたくしは貴族らしい笑みを浮かべる。

「よ、ようこそお越しくださいましたっ、リディアナ・ゴルゾンドーラ公爵令嬢さまっ」

カトミアル子爵令嬢が、緊張した面持ちでカーテシーをする。

マリーナと違って綺麗なお辞儀は、見ていて心地よい。

きちんと学んでいるのだろう。

「こちらこそ、お招き頂きましてありがとうございます」

「お前、緊張しすぎじゃないか？」

「アレクの方こそ、リディアナさまに失礼だよっ。公爵令嬢さまですよ！」

親しげな口調に胸に痛みが走る。

わたくしの幼馴染といえば、婚約者だったレンブルク様だけれど、お互い、こんな風に親しく呼び合ったことはない。

（特別、なのでしょうね）

ただの幼馴染という枠を超えた、お互いに大切な相手なのだろう。

席に促（うなが）され座ると、アレクはなぜかわたくしの隣に陣取った。

カトミアル子爵令嬢は気にすることなくにこにことしているが、それでいいのだろうか。

普通は恋人の隣に座るものではないの？

まぁ、隣といっても、密着しているわけではないのだけれど。

わたくしが気にしすぎなのかしら。

「リディアナさまは、魔ハーブがお好きなのですよね？」

アレクから聞いているのだろう。

下町で初めて食べた串焼きは、魔ハーブの風味がよく合っていて美味（おい）しかった。

それは、味だけでなく、アレクと一緒だったからというのもあるだろうけれど。

「えぇ、そうね。ヴァンジラス王国では馴染みのない味なのだけれど、香りがとても良いわ」

「そうなんです。わたしもアレクも、昔から魔ハーブが大好きなんです！　ねっ、アレク」

「そうだな。魔ハーブのない食生活はもう考えられないな」

「リディアナさまが魔ハーブをお好きでよかったです。他国の方ですと、香りも味も合わない方が結構いらっしゃるんですよ」

「色合いが不思議なものもあるものね」

「紫蝶（しちょう）の魔ハーブティーを飲まれたんですよね？　あの青い色は初めて見ると驚きますよね」

（……全部、話しているのね）

わたくしとアレクだけの思い出のように思っていたが、そうではなかったらしい。

これほど親しいなら、出会った時から今日までのことをすべて知っていると思ってよさそうだ。

「あの魔ハーブティーを初めて見た時、アレクったら腐ってるって言ったんですよ。わたしが驚かせようと思ってせっかく用意したのに」

「そりゃしょうがないだろ。あんな鮮やかな青い色の飲み物はそうそうない。いまは味といい見た目の美しさといい、俺の一番好きな魔ハーブティーなんだからいいだろう」

「よくないわっ、驚きの種類が違うもの。わたしは、アレクに綺麗さを驚いてもらいたかったのよ？　なのに腐ったものを出されたと驚かれるなんてあんまりだったわ。リディアナさまは檸檬（レモン）を入れて飲まれたんですよね。青い色は、やっぱり飲みづらいですか？」

「馴染みのないものには不安を感じるわね。でも、次からは普通に飲めると思うわ」

青い色に確かに驚いたが、紫に変わった色合いは美しく、とても美味しく飲ませて頂いた。

アレクが一番好きな魔ハーブティーを勧めてもらえたのだと思うと、より一層良い思い出になりそうだ。

「それなら、今日の魔ハーブティーはもっと飲みやすいと思いますよ。とても可愛いんです」

可愛い？

飲み物に付ける形容詞ではないと思う。

アレクはもう何が出てくるかわかっているのだろう。特に疑問に思うこともないようだ。

メイドが硝子のティーカップに魔ハーブティーを注ぐ。

瞬間、カップの中に花が咲いた。

小さな淡いピンクの花が、ピンクがかった赤茶色いお茶の中にいくつも咲いている。

「これは一体？」

「可愛いでしょう？　薔薇蓮香の魔ハーブティーなんです。薔薇鞠の魔ハーブの一種で、一番好きな魔ハーブティーなんです」

「お前のうちに持ってくる手土産はこれさえあれば機嫌いいもんな」

「だって可愛くて、香りもいいんですもの。特別な日にはこれを飲みたいわ」

なんだろう。

とても愛らしい魔ハーブティーなのに、気持ちが落ち込んできてしまう。

この魔ハーブティーがカトミアル子爵令嬢のためにアレクが用意したものだからだろうか。

「特別な日といえば、アレクは、十歳の誕生日の時、ここの大きな木から落ちたんですよ」

カトミアル子爵令嬢がすぐ側の木に手を向ける。

ほどよい木陰を作ってくれているその木は、随分長いことここにあるらしい。

よく見ると、太い幹には何か刃物で傷つけたような線がいくつもついている。

「お前なぁ、そういうことまでばらすなよ」

「ふふふっ、アレクは、いまは何でもできるけれど、昔は木登り苦手だったでしょう。結構、おちゃめなんですよ」

「木の幹についている線は何かしら」

「あっ、気づかれましたか？　それは、アレクとわたしの身長なんです。小さい頃は、いつかアレクの背に追いつくぞって思っていて、毎年お誕生日に印をつけていたんです。でも、追いつくどころかどんどん離れていっちゃって」

「そりゃ、俺はお前より年上だし、男なんだから当然だろ」

悔しかったなぁというカトミラル子爵令嬢の頭を、アレクがポンポンと撫でる。

見ていたくなくて、木の傷跡に目を戻す。

随分下の方からついている。

物心ついた時からではないだろうか。

二人の強い絆を見せつけられているようだ。

カトミアル子爵令嬢にそのつもりはないのだろうが、話せば話すほど二人の距離の近さを感じて疎外感もひとしおだ。

正直、もう帰りたい。

わたくしはいつまで笑顔を保っていられるだろう？

「リディアナさま、聞いてください。アレクはこんなに怖いお顔なんですけれど、実は可愛いものが好きなんですよ」

「おい、怖い顔は余計だろ」

「背もうんと高くて、見上げると首が痛くなってしまうんですもの。でもリディアナさまがヒールを履いたら、きっとそんなことはないですよね」

「……どうかしら。カトミアル子爵令嬢よりは、背は高いと思うけれど」

言った瞬間、カトミアル子爵令嬢は一瞬固まった。

「リディアナさまっ、どうか、わたしのことは、ペトラと呼んで頂けませんか？」

（えぇ……？）

「ペトラ、嬢……？」

「いいえ、ペトラとどうか呼び捨てに。わたし、リディアナさまと、お友達になりたいんです。どうか、お願いできませんか」

潤（うる）んだ瞳で見上げられると、断りづらい。

マリーナもそうだった。

華奢（きゃしゃ）で小柄で愛らしくて、頼られるとつい、手を差し伸べたくなるような。

「ペトラ、と呼ばせて頂くわ」

「ありがとうございますっ、嬉しいです！」

「おいおい、強引だな」

「だってアレクもわかるでしょう？　リディアナさまはとっても素敵なのだもの」

「まぁ、それはわかるが」

「そうでしょう？」

「んー、こいつがごめんな？」

アレクが苦笑しながらわたくしに詫びる。

ペトラのしたことをアレクが詫びる必要など何もないのに。

自然と口をついてしまうぐらい、ペトラは身内なのだろう。

「アレクおにーちゃん、きてたのになんでおしえてくれなかったの！」

不意に、幼い声がアレクの名を口にする。

「まぁ、ハデルくんはお部屋にいないと駄目でしょう？」

「やだ！　やだやだ！　アレクおにーちゃんと一緒じゃなきゃやだ！」

いくつぐらいだろう。水色の瞳に涙を溜めて、幼い男の子が駄々をこねている。

「弟がごめんなさい、すぐに部屋に戻らせますっ」

「やだっていってるのに！　ペトラおねーちゃんばっかりずるいっ。ぼくもアレクおにーちゃんといたいのにっ」

ずるい、ずるいと泣く子は、ペトラの弟らしい。

そういわれてみると、髪の色は違うものの、水色の大きな瞳がよく似ている。

「俺がいってくるよ。そろそろ昼寝の時間だろうしな」

アレクが立ち上がり、「よし、俺と一緒に部屋に戻ろうな」とハデルを抱きかかえると、それだけでもう満足したのか、幼い彼はアレクにしがみついてうとうとし始めた。

「騒がしくしてしまってごめんなさい……」

「いいのよ。可愛らしい弟さんね」

本心だ。

お陰で、アレクとペトラの親しさを見続けなくて済んでほっとしているぐらいだ。

「そう言って頂けると助かります。長男だから、どうしてもみんな甘やかしてしまうんです」

「そういうペトラもなのではなくて?」

「わかってしまいましたかっ」

「えぇ、弟が可愛くて仕方がない、って顔をしているわ」

「は、はうっ……」

図星をさされて、真っ赤になってうつむく姿も愛らしい。

――ぼひゅっ

ふいに奇妙な音が聞こえた。

「リディアナさま？」

「あぁ、いえ、何かいま、妙な音が聞こえなかったかしら」

気のせいだろうか。

いや、気のせいではない。

ガサゴソと何かが生垣の中にいる！

「下がって！」

わたくしは即座に立ち上がってペトラを背に庇う。

と同時に、生垣の中から赤いものが飛び出してきた。

「そ、そんな、火焔獣!?」

メイドが悲鳴を上げる。

真っ赤な生き物は、魔物だ。

猫ぐらいの大きさでトカゲのような真っ赤な鱗に覆われた外見だ。見た目通り火魔法を操る。

ガサゴソと、もう一度生垣が蠢き、さらにもう一匹現れた。

「きゃああああああああああっ！」

恐怖に耐えきれずに、メイドが悲鳴を上げる。

瞬間、火焔獣が獲物とばかりにメイドに飛びかかった。

（まずい！）

飛びつこうとした火焔獣に咄嗟に氷魔法を打ち付ける。

拳ほどの氷が火焔獣の脇腹に当たり、地面に打ち付けられた。

だが相手は魔物。

そんなことで致命傷になりはしない。

けれど目の前のメイドではなく、意識をわたくしに切り替えた。それでいい。

「逃げて！」

じっとわたくしを睨み付けてくる火焔獣から目をそらさずに、わたくしはメイドに叫ぶ。メイドは這うように必死で逃げていく。

「ど、どうすれば……」

わたくしの腕にしがみつき、震えるペトラをそのまま背に庇う。

（この怯えようでは、逃げるなんて無理ね）

現に立ち上がらないのは、そうすることができないからだろう。

恐怖に足がすくんで動けないのだ。

（来るっ！）

火焔獣がわたくしに向かって飛びかかってくる。

即座に氷魔法で迎撃するが、一瞬怯(ひる)むだけですぐさま飛びかかってくる。それを氷魔法で振り払うが、髪の横を火球がかすめた。

「きゃっ！」

「リディアナさまっ」

もう一匹に油断した。

辛(かろ)うじて顔を背(そむ)けて避(よ)けられたが、もう一匹の火焔獣の吐いた火の玉が髪を焦がした。

途端に足が震えだす。

魔導の心得があるとはいえ、こんな実戦など経験したことがない。

それにわたくしの氷魔法は細かな調節などできない。氷が拳ほどの大きさなのは、それ以上小さいと当てられないからだ。

そしてもっと巨大な氷を作れば、威力は増すが生成するまでに時間がかかる。その間に火焔獣に二人とも焼かれてしまうだろう。

怯えるペトラを守りながら二匹の火焔獣と戦うのはわたくしでは困難だ。けれど見捨てるなどという選択肢(し)はあり得ない。

逃げたメイドが誰か助けを連れてきてくれるまで、精一杯応戦するだけだ。

右、左、上、左！

吐き出される火の玉を、氷の塊(かたまり)で次々と撃ち落としていく。

その間にも火焔獣は飛びかかってこようとするのだから、少したりとも気が抜けない。

(不味いわね……)

息が上がってきている。

魔力もそろそろ尽きるのかもしれない。

公爵令嬢だけあって、金髪ながらも魔力量は人並みより多い。膨大なとは言えないが、貴族としてなら申し分ない。

けれどそれは、日常生活においてのこと。

戦闘訓練を日々しているわけでもなければ、王宮魔導師団に入っているわけでもない。

そんな貴族令嬢の応戦など、たかが知れているのだ。

ガタンっと大きな音がして、椅子が倒れる。

「ペトラ!?」

「あ、あああっ……っ」

どうにか立ち上がろうとして、椅子ごと倒れたペトラがより一層青ざめる。

そして最悪なことに、茂みからさらに数匹、火焔獣が現れた。

(不味いわ。どう迎撃すればよいの)

氷を一個一個出していては避けきれない。

いままでの火焔獣の攻撃から、火球は即死するような殺傷力は持ち合わせていない。魔物としては弱い部類だ。だからこそ、王都の中で結界が弱まっているとはいえ出現することができたのだろう。

ぼひゅっと口から火焔を溜め息のように漏らし、火焔獣達はわたくし達との距離を詰めてくる。かたかたと震えるペトラは動けないし、わたくしは倒せる術を持っていない。

火焔獣が大きく息を吸い込んだ。

（これは、火球じゃない、ブレス？　駄目、間に合わない！）

わたくしはペトラに覆いかぶさり抱きしめ、来る衝撃に備えてぎゅっと身を固くする。

（………？）

何時までそうしていただろう。

焼かれるはずの身体に何も起こらない。

恐る恐る目を開けると、炎をまとった剣を持つアレクが立っていた。

「悪ぃな。怖い思いをさせちまった」

アレクが炎の剣で、火焔獣の火炎ブレスを防いでいる。

それどころか、アレクの剣から迸る獄炎が逆に火焔獣に襲いかかった！

「かかって来いよ、俺が相手になってやる！」

怯んだ火焔獣ににやりと笑い、アレクが跳躍する。

一瞬で火焔獣と距離を詰めたアレクは、剣を横に払い火焔獣を切り伏せた。断末魔の悲鳴すら上げることもできずに消し飛び魔石となる火焔獣と、それを見て怒り出す残りの火焔獣。

一斉に火球がアレクに向かって放たれるが、アレクはそれを剣で払い落として避ける。

(魔力を帯びた剣だから、火球すら切れるの？)

赤髪の彼は、その鮮やかな色の通り身に宿す魔力も多いのだろう。自身の魔力を紅蓮の炎として剣にまとわせ、竜のようにうねる魔力は火焔獣の炎をものともしない。

ブレスも火球も通じず、苛立ちのままに火焔獣がアレクに飛びかかるが、それは無謀だった。あっさりと剣で切り捨てられ、絶命する。

敵わないと知ったのか、逃げようとした火焔獣も、アレクが逃すことなく屠っていく。

わたくしでは一匹ですら避けることもままならない火焔獣も、アレクの前では赤子の手をひねるよりもたやすくその命を消していく。

アレクの足元には、剣で切り捨てられた火焔獣達の赤い魔石が転がっている。

(助かった……)

背中にどっと汗が滲む。

「大丈夫？　怪我はしていないかしら」

わたくしはペトラから退いて、背中をさする。

真っ青になって震えている彼女は、完全に腰が抜けているようだ。

アレクと目が合うと、瞬間、水色の瞳に涙があふれた。

「あ、アレクっ……っ」

「あぁ、ほんとうに悪かった。魔物の気配に気づかなかった俺の落ち度だな」

立ち上がれないペトラをアレクが抱きかかえる。

「氷魔法で、火焔獣を迎撃していたのか？」

まだ溶けずに残り散らばる氷を見て、アレクが尋ねてくる。

「えぇ。倒せなかったけれど。わたくしの攻撃手段は、それしかないの」

魔導を扱えるとはいえ、初歩的なものだけだ。

氷魔法が一番相性が良かったのだが、物を凍らせたり、氷を作り出すのが精一杯だ。

「それなら、地面を凍らせてみるといい」

「地面を？」

「もちろん、全部じゃなくていい。敵の足元だけを凍らすなら、魔力の消費を抑えて、敵の行動を封じることができるはずだ」

アレクに言われて、わたくしは試しに地面にそっと手をかざす。

凍らせて、そのまま木の方へ広がるようにイメージしてみる。

ピキピキと音を立てて氷が走り、地面と、そして狙った木の根元が凍り付いた。

魔力は拳大の氷を作り出すよりも少なく、発動も早かった。

「できそうね。もしも次があったら、試してみるわ」

そんな機会は一生来ないほうが良いが、身を守る術はいくつあってもいい。

もしも先に地面を凍らせることを知っていたなら、ペトラを危険に晒すことはなかっただろう。火焔獣達の足も一緒に凍らせれば、逃げる時間を稼ぐことができたはずだから。

ペトラは相当な衝撃を受けたらしく、アレクの腕の中で既に気を失っている。

大切に抱きしめているアレクと、その腕の中で眠るペトラはまさに騎士と姫君だ。

わたくしが立ち入る隙など、どこにもない。

(本当に、お似合いね)

帰ろう。

わたくしはドレスに付いた汚れを払い立ち上がる。

「リディアナ。今日はすまない」

「アレクのせいではないわ。魔物は、どこに出るのかわからないものだもの」

瘴気が溜まればそこに出現してしまう。

それが今日、たまたまこの庭先だっただけだ。

「ペトラを救ってくれて感謝する」

アレクが、ペトラを抱きかかえたまま、深く頭を下げる。

その姿に胸が痛い。

泣きそうになるのを悟られないために、わたくしは扇子を開く。

「早く彼女を部屋に連れていってあげて。いつまでもここにいるのは辛いはずだわ。また改めて、お茶会をしましょう」

貴族らしい笑みを浮かべて、わたくしはその場を立ち去る。

表情は崩れていなかっただろうか。

嫌味になってはいなかっただろうか。

……醜い嫉妬が、滲んではいなかっただろうか。

帰りの馬車に揺られながら、溜め息が零れる。

赤い石のついたブレスレットが、なんだかとても、重く感じた。

【五章】物騒なパーティーは王宮で

「リディアナ様、そう塞ぎ込んでいてはお身体に障りますよ」

あのお茶会から数日。

部屋からは出ずに、読書にいそしむわたくしに、カーラが苦言を呈してくる。

あの日の出来事は、すべてカーラに話してある。

当然、失恋したことも知っているのに、わたくしにどうしろというのか。

「いまは何もしたくないわ」

「わかっております」

「なら、そっとしておいて頂戴」

「ここの本はすべて読み終えてしまわれたではありませんか」

「何度読んでもよいものは良いわ。それに、飽きてしまったら、刺繍を刺すわ。わたくしの刺繍は、孤児達にも人気が高いのよ？」

「それも存じております。孤児院のバザーでは、お嬢様の刺繍が一番高く売れています」

「そうでしょう？　わたくしは刺繍には自信があるの」

「ですが限度というものがございます。見てください、この量を」

カーラが、どすっと音がしそうな勢いでハンカチの束をテーブルの上に置く。

そう、そんな音がしそうなぐらい重く、つまり量がある。

「数か月は持ちそうね」

「いいえ、半年分はゆうにございます」

「そう、かしら」

わたくしは、いまにも崩れそうなハンカチの山から目をそらす。

少しばかり作りすぎたかもしれない。

「……リディアナ様、鏡を見られましたか」

カーラがうつむき加減に言う。

言いたいことはわかっている。顔色が悪くなっているのだろう。でもこれはもう、どうしようもない。夜にあまり寝られないのだ。

気持ちがどうしても沈んでしまって、それならばいっそ何かをしていようと、刺繍を刺していた。

こんな気持ちになったのは初めてのことだ。

レンブルク様との婚約を破棄（はき）された時だって、こんな風に落ち込んだりはしなかったのに。

（それほどまでに、アレクに心惹（ひ）かれていたのでしょうね……）

自分で気が付かないほどに、彼に惹かれてしまっていたのだ。

一度目は車輪の故障を直してもらった。

二度目は馬車に轢かれるのを助けてもらった。

三度目は、偽装工作を。

四度目は、魔物からも守ってくれた。

魔物から守ってくれたのは、ペトラのおまけだったかもしれない。

けれどわたくしのことも、アレクは助けてくれたのだ。

出会ってまだひと月と少し。

こんなに短い間に何度も助けられているのだ。心惹かれないほうがどうかしている。

けれどアレクはペトラの幼馴染で、彼女と恋人同士なのだ。

爵位だけが問題で、きっとその問題も近い将来アレクが何らかの方法で解決するに違いない。

「そのうち、元に戻れると思うのよ」

短期間で育まれてしまった想いなのだ。ならば、すぐに消えてくれるかもしれない。

これ以上彼に会いさえしなければ、きっとそうなるはず。

だからいまはそっとしておいてほしい。

ユイリー叔母様も何かを感じ取ったのか、以前ほどわたくしの部屋に訪れない。

けれどわたくしの好きなベリーのタルトを毎日欠かさず用意してくれている。叔母様自らサシェを作り、贈ってくれたりもした。

毎日面倒だったイグナルトも、ユイリー叔母様に何か言われたのか食事時以外見かけていない。

こんなにも大切にしてもらっておきながら以前と同じように振る舞えないのは心苦しいが、自分でもうまく心を処理できない。

「それでしたら、庭を散策してみませんか」

カーラがテラスに促(うなが)す。

窓の外の庭は相変わらず美しく、さんさんと注ぐ日差しが眩(まぶ)しい。部屋にこもっているだけでは、気持ちがより一層塞ぎ込むことも事実だ。

「日傘を用意してもらえるかしら」

わたくしが言えば、カーラはすぐに日傘を準備してくれる。

部屋の窓を開け放つ。すうっと心地よい空気が部屋の中に流れてくる。それだけで、なんだか心が軽くなる気がする。

「ありがとう、カーラ」

「リディアナ様に喜んで頂けて光栄です」

ふふっと笑い合いながら、二人で庭を歩く。

どのくらいそうしていただろう。

ユイリー叔母様がガーデンチェアに腰かけているのが見えた。

「うーん、どうしたものかしら……」

叔母様は手紙を持って悩んでいるようだ。

「ユイリー叔母様、どうかなさいまして？」

「まぁ、リディアナちゃん、丁度良かったわ。リスルテア王国の王宮で、パーティーが開かれるの。結界祭って知っているかしら。すべての貴族が出席できるとても華やかで、美しいパーティーなのだけれど」

あぁ、なるほど。

わたくしは頷く。

結界祭というのは聞いたことがないが、叔母様が何に悩んでいたかはすぐに察することができた。

「エスコートの問題ですわね」

「ああ、リディアナちゃん、貴方は何て賢いの。そうなの。リディアナちゃんのエスコートを、どなたに頼めばいいか悩んでいたの」

すべての貴族が出られるのなら、鬱陶しいイグナルトは婚約者をエスコートするだろう。

内心はどうあれ、対外的にはジェレミィが正式な婚約者なのだから。

そうすると、わたくしのエスコートを誰に任せるか、ということになる。

ユイリー叔母様としては、盛大なパーティーにわたくしも連れていってあげたいのだろう。残る男性はバン伯爵となるのだが、もしも伯爵がわたくしをエスコートするならば、今度は叔母様のエスコートが無くなってしまう。それはあり得ない。

けれどわたくしの親族は隣国だ。

手紙を送れば来てくれるだろうが、エスコートのためだけに呼ぶのははばかられる。

「リディアナちゃんに、異性の知り合いはまだいないわよねぇ？」

「……残念ながら」

一瞬、アレクのことが頭に思い浮かんだが、彼に頼むことはできない。

アレクはペトラを想っているのだから。

すべての貴族が招かれるのならば、アレクはペトラをエスコートするだろう。

けれど婚約していないのなら、エスコートなしでパーティーに赴（おもむ）くのは、マナー違反ではない。あまりないというだけで、してはならないという決まりはないのだ。

「わたくしは婚約者のいない身です。エスコートはなくとも、問題にはならないでしょう」

「まぁっ、まぁまぁっ、リディアナちゃんにそんな辛（つら）い思いはさせられないわ。わたしに任せて。パーティーまでにきちんと解決してみせるわ！」

遠慮していると思わせてしまったようだ。

気合いを入れる叔母様に、わたくしは「どうかご無理はなさらずに」と言うにとどめた。

「いやー、僕の天使をエスコートできるなんて、今日の結界祭は人生で最高の日となりそうだよ！」

ご機嫌すぎる笑顔を隠そうともしないイグナルトに、わたくしの作り笑顔は引きつりそうになる。

（どうして、こうなったのかしらね!?）

扇子を握る手に力が入りすぎる。

思わず勢い余ってぼきりと折ってしまいそうだ。

「リディアナちゃんに恥ずかしい思いはさせられないもの。ジェレミィのエスコートを任せられる人が見つかってよかったわ」

ユイリー叔母様は朗らかに微笑み、その隣でバン伯爵も人の良い笑みを浮かべている。

「あいつは婚約者の僕というものがありながら、いろいろな貴族子息と仲がいいですからね。まったく、僕の天使を見習って欲しいですよ」

ここで怒っては駄目だ。

本当に、こんなに人の良いバン伯爵夫妻から、なぜイグナルトのような自己中心的勘違い男が生まれたのか。

リスルテア王国の七不思議に数えられるのではないか。

あぁ、もう帰ってしまいたい。

大体予測がつくのだ。

イグナルトが強引にジェレミィのエスコートをどこかの貴族男性に頼んだのだろう。

同格の伯爵家か、もしくは子爵家か。

リスルテア王国では婚約者のいない貴族も多いから、友人知人を当たれば誰かしらには任せられる。

さすがに平民を自分の代わりにさせはしないだろうから。

（……いえ、イグナルトならばやりかねないのかも？）

貴族はもちろんのこと、今日の結界祭にはそれなりに裕福な平民も参加が許可されているらしい。

わたくしのエスコートを本来ならユイリー叔母様の伝手（つて）でお願いするはずが、なぜこんなことになってしまったのか。

ジェレミィの怒り狂った顔が容易に想像できて、頭が痛い。

結界祭自体は楽しみにしているのだが、会場で彼女と鉢合わせをしないことを祈るばかりだ。

（それと……）

できれば、アレクとも会いたくない。

イグナルトにエスコートされる姿を見られたくないのだ。

ペトラをエスコートする姿も見たくはない。

憂鬱（ゆううつ）な気持ちを抑えつつ、わたくしは笑みを浮かべてイグナルトの自慢話を聞き流し続けた。


王宮に着くと、色とりどりのバルーンが浮かび、心が浮き立つ。

青空から舞う紙吹雪（ふぶき）は、王宮の四隅の塔の上から撒（ま）かれているようだ。それを王宮魔導師達がさらに柔らかな風を起こして常に舞い散るようにしている。

その証拠に、わたくし達が通る道の上には舞い散っても、正面には降り注がない。

（本当に大きなパーティーなのね）

王宮に入る馬車が何台も連なっている。

早めに屋敷を出たが、待ちそうだ。

今日はバン伯爵もいるお陰か、イグナルトの自慢話はこの間ほど多くはない。下手（へた）に話を盛ると、バン伯爵が穏やかに窘（たしな）めるからだろう。

香水もこの間付けすぎたことに満足したのか、いまは控（ひか）えめだ。正直、吐き気がするほどのきつい匂いをかがされ続けるのは苦痛だから、ありがたい。

王宮の使用人達は手際が良く、思ったほど馬車の進みは遅くない。次々と受付を済ませて流れが滞ることなく進んでいく。

わたくし達の番になると、イグナルトが自慢げに降りて手を差し出してくる。

指の先を少しだけ触れるように、そうっと触れて馬車を降りる。

この間のように握り込まれないように、一瞬浮かせて再度触れる。握ろうとした手を掴みそこない、イグナルトが怪訝な顔をしたが気にしない。

さすがにバン伯爵の前で強引に再度握ろうとはせず、そのまま大人しく会場入りする。

白い大理石の床は磨き上げられ、天井が高く、教会を思わせるようなステンドグラスで周囲を彩られた大ホールは、すでに大勢の人で賑わっている。わたくし達の入場など誰も気に留めないようだ。

正直、ほっとする。

イグナルトからすぐに手を離し、薔薇の花を配るメイドに声をかける。色とりどりの薔薇の花は、同色のリボンが付けられている。

メイドから赤い薔薇を受け取り、だからもうエスコートは必要ないのよと態度で示せば、イグナルトは渋々ながらも自分も花を受け取った。

（ジェレミィはまだいなさそうかしら）

ほんの少しの間とはいえ、イグナルトにエスコートされていたのを見られていると厄介だ。

エスコートすることは聞いているのかもしれないが、聞くのと見るのとでは大違いだろうから。

彼女は周囲にいなさそうで、ほっとする。

それに、アレク達も側にはいないようだ。あの鮮やかな赤髪は遠目でもよく目立つ。隣に愛らしいペトラがいるならなおのこと人目を惹く。お似合いの二人の姿を見るのはどうしても辛い。

「リディアナちゃん、結界祭は初めてでしょう？　薔薇の花に付いたリボンをよく見てみて」

ユイリー叔母様に言われて、薔薇に結ばれたリボンを見ると、小さな透明な石が付いている。

「開会式の曲が流れだしたら、薔薇の花を掲げてね。きっと、驚くわ」

ふふっと、いたずらっ子のように笑って、叔母様はクリーム色の薔薇の花を振る。

どんな催し物が始まるのだろう。

イグナルトがもうエスコートは欠片も必要ないのにピッタリと引っ付いているのが気になるが、わたくしはあえて無視して、始まるのを待つ。

そうしてほぼすべての来客が入場し終えたのだろう。

楽団が高らかにラッパを吹き鳴らす。

「国王陛下、入場！」

リスルテア国王と王妃が会場に現れる。

皆が頭を下げ、それに倣う。

王と王妃は会場の高い位置に設えられた王座に座ると、二人で杖を掲げる。

瞬間、パーティー会場の天井が開いた。

思わず声を上げかけるが、ぐっと堪える。

ゆっくりと左右に花開くように天井が開いてゆき、青空が見える。

はらはらと雪のように紙吹雪が舞い込み、天井から覗く青空から、光が差し込む。

それを合図に、開会式の曲が流れだした。

「さぁ、リディアナちゃん。薔薇を掲げてね」

驚きですでに気圧されていたが、わたくしは言われた通りに薔薇を掲げる。

すると、王宮騎士団と王宮魔導師が入場してくる。

先頭を歩くのはアレクともう一人の騎士だ。

(そういえば、彼は騎士団所属だったわ)

白を基調とした王宮騎士団の礼服をまとったアレクは、誰よりも格好いい。

彼が歩くたびに肩にかけた深紅のマントが揺れ、赤い髪は天井から降り注ぐ光を受けて艶やかに輝いた。

誰よりも華やかにきらきらと輝く彼は、騎士団を引き連れて王の前に一列に並び、剣を胸の前に構える。王宮魔導師達は会場の中央、青空の光の下へ円を描いて集まった。

全員が、装飾杖を掲げた。

瞬間、光が灯り、次々と空へ、そしてわたくし達が掲げた薔薇の花へ吸い込まれていく。

光が踊るように舞い、パーティー会場は光の渦となる。

「なんて、美しいの……」

思わず、声が漏れる。

「ふふっ、気に入ってもらえたかしら」

「えぇ、とても！」

ユイリー叔母様がなんとしてもわたくしを連れてきたがった理由がわかった。

これは、美しい。

「薔薇の花に飾られた石はね、しばらくの間は灯るのよ」

叔母様が指さす透明な石は、ほんのりと光を帯びている。わたくしの赤い薔薇の花に付けられた石も同じように輝いている。

王宮騎士団と王宮魔導師が退場し、その後に中庭への扉が開かれる。

途端に、甘い匂いが漂い始めた。

「待ってました！　僕の天使もお菓子は好きだろう？　中庭では王宮の料理人が腕によりをかけたスイーツが並べられているんだ。さぁ、一緒に食べにいこう」

「えっ、ちょっととっ」

強引にイグナルトがわたくしの腕を引いて連れ出し、ユイリー叔母様とバン伯爵は笑顔で見送っている。

違うのだ。

わたくしは少しも嬉しくない。

けれど振りほどくこともできずに叔母様達から引き離され、強引に中庭へと連れ出されてしまった。

白い石畳が敷き詰められた中庭には、同じく白く丸いテーブルがいくつも置かれている。一口で食べられるお菓子類が多くあり、また、ゆっくりと食事をとれるように座ってケーキやパイが楽しめるテーブルも用意されている。

「ほら、僕の天使にぴったりのマカロンだ」

ぐいぐいとわたくしを引きずるイグナルトは、テーブルに飾られたピンク色のマカロンを手に取り、わたくしのほうへ差し出してくる。

よもやまさかとは思うが、そのままわたくしの口へ？

満面の笑みを向けてくるイグナルトに、わたくしは口に直接運ばれることは避けるために仕方なく受け取る。断ったら強引に口に運ばれそうだからだ。

立ったまま食べるわけにはいかず、けれど椅子に座ってゆっくりとイグナルトと向かい合って食べるのもごめんだ。どうにか逃れられないだろうか。

思案するわたくしの後ろで、低いうなり声が響いた。

「リディアナ様は随分と奔放な方のようね……」

振り向かなくてももうわかってしまう。

ジェレミィだ。

今日は青い色のドレスに、同色の髪飾りを挿している。イグナルトの瞳の色だ。彼の色を身にまとい、結界祭に来ている彼女に少しながら同情してしまう。彼とここへ来ることをどれほど楽しみにしていたのか、そのドレスの色で嫌というほどわかってしまうから。

アクセサリーがすべて金色で統一されているのは、イグナルトの髪の色を意識してのことだろう。ドレスのデザインが以前わたくしが着ていたものと同じく袖口にレースをふんだんにあしらっているのは、イグナルトがわたくしを好んでいそうだから。わたくしと似たデザインのドレスを着ることは屈辱であっても、彼に少しでも好かれたい彼女の気持ちの強さだろう。

わたくしのせいではないが、結果として彼女がイグナルトにエスコートされることなくここへ来てしまったことについては申し訳なく思う。

「ジエ、ジェレミィ、どうして一人でここに？　ザントは？」

けれどイグナルトはそんな彼女の気持ちに欠片も気づいていないのだろう。

滑稽なほどにうろたえて、ジェレミィを嫌そうに見つめている。

「ザント様なら、お断りしましたわ。わたしは婚約者のある身ですもの。イグナルト様以外の異性のエスコートなど、到底受けられませんわ」

ジェレミィの赤い瞳がわたくしを見つめ、雄弁に物語っている。

『あなたはなぜ人の婚約者にエスコートされているのか』と。

欠片もわたくしが望んだことではないが、ジェレミィを刺激したくない。

「まぁ、ジェレミィ様のおっしゃる通りですわ。わたくしが隣国から来て間もないために、イグナルト様が本来は婚約者をエスコートしたいところを、断腸の思いでわたくしをエスコートしてくださったことは大変ありがたく思います。ですがもうエスコートは必要ございません。婚約者であるイグナルト様が『愛する』ジェレミィ様の側にいるべきです」

愛するを強調して伝えれば、ジェレミィの眉間の皺が薄らいだ。

イグナルトが何か言うよりも早く、「わたくしはほかの催し物も見てまいりますわね」と言い切り、足早にその場を立ち去る。

早く消えればいいと呟くジェレミィの小さな声を拾ったが、心底どうでもいい。

あのままイグナルトと一緒にいるなど冗談ではなかったから、ジェレミィに会えたのはある意味幸運だ。

一緒にいたら、強引にダンスまで誘われていただろう。

絶対に遠慮したい。

「……リディアナさま?」

中庭の隅に避難していると、見知った愛らしい声に呼びかけられる。

一難去ってまた一難、だろうか。

ゆっくりと振り返れば、そこにはペトラが佇んでいた。

「こんにちは、ペトラ。……一人なのかしら」

「お久しぶりです、リディアナさまっ。はい、本日は一人で過ごしております」

「……どうして、袖が汚れているのかしら」

今日も水色のドレスを身にまとったペトラだが、袖のフリルに汚れがついている。

「あっ、これは、その……」

困ったようにうろたえる姿に、ピンとくる。

「またゼトネア侯爵令嬢かしら」

「い、いえっ、違います、これは、その、たまたま偶然、見知らぬご令嬢がぶつかってしまって」

「つまり、誰かに突き飛ばされたのね？」

「あ、あうぅ……」

口ごもるところを見ると図星らしい。

まだ結界祭が始まって間もないというのに、ペトラを目の敵にするご令嬢達は油断も隙もない。

「わたくしと一緒に来なさいな」

「えっ、良いのですか？」

「えぇ。わたくしは結界祭は初めてなの。案内してもらえれば嬉しいわ」

わたくしと一緒にいれば、少なくともあからさまな嫌がらせはされないだろう。アレクはあの様子だと騎士団としての業務で手が離せなさそうだ。

ならばペトラを守れるのはいまはわたくしだけだろう。

（アレクの大切な人ですからね）

彼には何度も助けてもらっているのだ。

その彼が動けないのだから、わたくしが代わりにペトラを守るのは当然だろう。

「リディアナ様は、結界祭の順序はご存じですか？」

「先ほど入口で予定は一通り確認できたけれど、詳しくは知らないわ」

「そうですか。毎年、騎士と魔導師の入場があって、この後魔導師達が騎士団に守られながら、結界を張り巡らせるんですよ」

ペトラがそう言いながら空に手をかざす。結界を張るイメージだろうか。淡い水色の瞳を輝かせて語るペトラはとても楽しそうだ。

「入場の時に放った光は結界とはまた違っていたのかしら。美しかったわ」

「あれは演出ですねっ。綺麗で人気なので、わたしも大好きです」

「そうね、見られて良かったわ」

「アレクもあの演出大好きなんですよ。騎士団に入ってからは、間近で見られてすっごく喜んでいるんです」

「……そう」

(本当に、いつも二人で過ごしているのね)

幼馴染の枠を超え、愛し合う恋人達というのは、こんなにも幸せそうなものなのか。

にこにこと幸せそうにアレクについて語るペトラは、わたくしの気持ちには気づいていないのだろう。アレクを想う気持ちは、決して悟られてはならない。

ズキズキと痛む胸を堪え、わたくしは微笑みを浮かべて、ペトラの話に耳を傾ける。

「リディアナさまは、アレクが怖くはないですか？」

「彼を怖いと思ったことは一度もないわね。なぜ？」

「良かった！　アレクがとっても喜びます。アレクって背が高いじゃないですか。それで、いつも不愛想でむすっとしているから、誤解されちゃうんです。女嫌いって言われてしまったり……わたしの前だと笑顔なんですがっ」

アレクは最初から屈託のない笑顔が印象的な男性だった。明るくて強くて格好良くて。不愛想だなどとは思ったことがない。

けれどパーティーでのアレクは、確かに冷たい印象を受けた。

でもそれは、周りの令嬢達が明らかに悪い。彼の大切なペトラを押しのけて、無理やり側にいようとしていたのだから。

もう少し優しく断ってもいいのではとは思えるが、おそらく毎回パーティーのたびに大切なペトラを邪険に扱われて、令嬢達に嫌気がさしてしまったのではないだろうか。

(笑顔ばかり見ているわね)

わたくしといた時のアレクは不愛想ではなかった。

それはきっと、わたくしがペトラを虐(しいた)げることがないからだろう。

「この次の演出は何かしら」

「いまがダンスとスイーツパーティーですから、次は花火が打ちあがりますよ」

「あら、それは素敵ね」

ヴァンジラス王国でも花火は見ているが、リスルテア王国の花火も同じだろうか。

いまは大分陽(ひ)が傾いている。完全に陽が落ちたら花火が上がり始めるのだろう。

「花火と共に、夜空に魔導師達が結界を張り巡らせるんです」

「リスルテア王国でも魔導師達が直接結界の塔に赴いたりはしないのね」

「えっ?」

ペトラがきょとんとする。

「ヴァンジラス王国では、結界の塔へはいかれないのですか?」

「そうね、辺境伯が膨大な魔力を辺境から放って、王国を包み込むように結界を張って結界の塔への魔力を補填していているわね。王宮魔導師達が年に数回結界の塔に検査と魔力補填をしているはずだけれど、基本的には辺境伯の力が大きいわ」

「それはすごいことなのではっ。一人の魔導師が、王国中を守れるだけの結界を張り巡らせてしまうだなんて」

そう、改めて考えてみるとアドニス・グランゾール辺境伯は規格外だ。

そんな彼を敵に回して、よくわたくしは無事でいられたものだ。

(マリーナのためだったら、何でもできたものね)

いまのわたくしは何もできない。

「あっ、でも、アレクもすごいんですよっ。彼は、魔法剣の使い手ですから。魔法を剣にまとわせて戦うんです」

「炎をまとわせていたわね。火には強い火焔獣を倒せるのだから、相当の腕前よね」

「そうなんです！　アレクは本当に強いんですよ。赤い髪が羨ましいです」

燃えるような鮮やかな赤い髪から察するに、彼の魔力も相当のものだろう。

白に近い白金色の髪のペトラでは、その差は到底比べ物にならない。子爵家という家柄的にも、魔力量は少ないのではないだろうか。

けれど魔法とは魔力がすべてではない。

わたくしが氷魔法に向いていたように、ペトラにはペトラにとって良い属性魔法があるはずだ。

「ねぇ、ペトラ。貴方の髪色ならば、治癒魔法に秀でているのではない？」

一般的に、白髪や白に近い色を持って生まれた人は、治癒魔法と相性がいい。ほぼ白に見えるペトラの髪色だと、治癒魔法の適性はかなり高いのではないだろうか。

瞳の色は水色だから、銀や真珠色の瞳を持つ人よりは劣るかもしれないけれど、水色といってもかなり白に近い淡い色合いであることは確かだから、あとは魔力の相性によるだろう。

「あ、その、じつは……あまり、魔導を習う機会がなくてですねっ」

少し困ったようにごまかし笑いをするペトラに、わかってしまった。

魔導を習うには、お金がかかる。

公爵令嬢たるわたくしには良い家庭教師がついてくれたお陰で、出来損ないであっても多少は操れるようになった。

けれど子爵令嬢でしかないペトラでは、そもそも習えなかったのだろう。

「そうしたら、今度、王宮魔導師の試験を受けてみてはどうかしら」

「試験……？」

きょとんと首を傾げる。

リスルテア王国では王宮魔導師試験はないのだろうか。

いや、そんなことはないはずだ。

ヴァンジラス王国よりもリスルテア王国の方が平民の採用も多い。

隣国のことだし、こちらに来る前に多少調べもしている。

「そう。ヴァンジラス王国では年に数回王宮魔導師試験があるわ。リスルテア王国でもそれはあったはずよ。試験では魔力の向いている属性によっては、その時に上手く扱えなくとも試用期間を定めて魔導師から魔導を習えるわ」

「知らなかったです……。わたし、本当に何も知らなくて。治癒魔法が使えるようになったら、どんな怪我でも治せちゃいますね」

「どんな怪我でも治せるかといわれると頷けないけれど、下級治癒術師であっても少なくともかすり傷程度ならすぐに治せるようになるはずだわ。治癒術師達は魔導師や騎士と共に行動することもあるから、騎士団所属のアレクとも行動を共にすることができるんじゃないかしら」

アレクの側にいるのなら、覚えておいて損はないはずだ。

王宮騎士団所属の彼は怪我をすることも多いのではないだろうか。いまは諸国が平和で戦争などは起きていないが、魔物の被害は相変わらずだ。

治癒魔法の使い手は平民でも重宝される。子爵令嬢であるペトラが高位の治癒術師になれれば、アレクを悩ませているであろう爵位の問題も解決するだろう。

ただ、これは伝えない。

意地悪だろうか？

けれど、髪色的に確率が高いとはいえ、治癒魔法に向いていない可能性は無いわけではない。

はっきりわからないうちにぬか喜びさせるのも問題だろう。

(いいえ、やっぱり、わたくしは意地悪ね)

教えてあげればアレクもペトラもきっと幸せになれるのに。

「一度受けてみるといいわ。使えるようになるといいわね」

「はいっ」

ふわっと無邪気に微笑む彼女に、罪悪感が募る。

「リディアナさまは治癒魔法を扱えるのですか?」

「いいえ、残念ながらわたくしは氷魔法が向いていたから」

「そんなっ。どうにか、治癒魔法も増えませんかっ」

なぜかペトラが無茶を言う。

わたくしも使えるものなら使いたいが、向いている氷魔法でさえも使いこなせているとは言い難いぐらいなのだ。金色の髪色といい、碧い瞳といい、治癒魔法の適性があるとは思えない。

「難しい、と思うわよ?」

「そ、それではっ、王宮魔導師はいかがですか」

「拙い氷魔法で王宮魔導師はもっと難しいわね?」

どうしたのだろう。

やけに推してくる。

「そうですか……アレクといられる時間が増えるのに……」

可能性が無さそうだとわかると、彼女はしょんぼりと目に見えて肩を落とした。

あぁ、なるほど。

友人になりたいと言ってくれた彼女だから、アレクと三人で過ごしたかったのね。けれどそれは、わたくしにとっては辛い時間となる。仲睦まじい二人の姿を間近で見続けることになるのだから。

「ごめんなさいね。ご期待には添えられそうもないわ」

「いいえっ、わたしが変なこと言いました。……あのっ、この際です。はっきり聞かせてください。リディアナさまは、アレクを、どう思っていらっしゃいますか……？」

水色の瞳を真剣に潤ませて、ペトラはわたくしを見上げてくる。

わたくしの気持ちに気づいていた？

いいえ、そんなしたたかな令嬢にはどう見ても見えない。

マリーナのことを少しも見抜けなかったわたくしだ。

人を見る目には疑問が残るが、ペトラが故意にアレクとの仲の良さを見せつけていた気配は微塵もない。

ならばこれは、なんだろう。

（不安、なのかしらね？）

わたくしは公爵令嬢だ。

望めば、侯爵子息のアレクとの婚約を望める立場にある。

爵位を笠に着て望んだりはしないけれど、それはペトラにはわからないことだ。

「……大切な友人でしてよ」

答えた瞬間、ペトラはこの世の終わりのような顔をしてうつむいた。

とても小さく微かな声で「そんな……アレク……せっかく」などと呟いている。

嫌いとまで嘘をついてあげたほうが良かったのだろうか。けれどそんなことはできない。彼はわたくしにとって大切な人なのだ。

想いを伝えることはきっと一生ないだろう。

それでも、嫌いだなどとは口にしたくない。

いまはまだ二人を見るのが辛いが、時が経てば自然と治るはず。未練がましいかもしれないけれど、友人ではいたいと思うのだ。

けれどなぜペトラがここまで落ち込んでしまうのかはわからない。好きだと言われなかったことにほっとするのが普通だと思うのだけれど。

「あぁ、そろそろ花火が上がりそうね」

話題を変えるために、わたくしは空を指さす。

いつの間にか空は橙色から紫に変わり始めている。

「そうですねっ、楽しみにしていたんです」

ぱっと顔を上げて、ペトラも話題の変更に食いついた。

華やかな音と共に、夜空に花火が打ちあがる。

色とりどりの火花が花を咲かしては散っていく。

「アレク達も出てきたわね」

「はいっ。アレクはやっぱり目立つなぁ」

水色の瞳を煌めかせながら、ペトラが嬉しそうに見つめる。

入場した時のように剣を掲げ、魔導師達を守るように騎士団が周囲を囲む。

魔法で台座を動かしているのだろう。

全員が白い台座の上に乗るとゆっくりと上昇する。台座は二階ほどの高さで止まり、皆が見上げる中で騎士が跪き、魔導師が装飾杖を掲げる。

開会の時とは異なり、長い呪文の詠唱が始まった。光の玉が魔導師達の頭上に出現し、徐々に大きさを増してゆく。

魔導師達の装飾杖から光の玉へ、色とりどりの魔力が注がれてゆく。

ゆっくりと光の玉は夜空へと上がってゆき、そして花火となって弾け、魔力は光の帯を引きながら、結界の塔へと飛んでいく。

次々と放たれる魔力は台座に備えられた結界石にも注がれていく。

魔力を注がれた結界石は鈍い灰色から、鮮やかな宝石のように変化した。

「あの、リディアナさまっ」

「どうしたの？」

「その、えっと……」

もじもじと、恥ずかしそうにペトラは言いよどむ。

そういえば結界祭が始まって結構時間が経っている。いわゆるお花摘みだろう。

「あぁ、ついていくわよ？」

「い、いえっ、一人でいけますっ。すぐに戻りますから、待っていてくださいますかっ」

「そう？　わかったわ」

頷いて、わたくしはペトラを見送る。

ここから動かなければ、すぐに戻ってくるだろう。

次々と打ちあがる花火と、魔力を放つ魔導師達の描く夜空の絵は、幻想的だ。

けれどわたくしは、彼らを守るアレクをどうしても見てしまう。

（いま、わたくしに気づいた？）

アレクがこちらを見て微笑んだ気がした。

（いえ、そんなはずないわね。暗いもの。見えるはずがない）

これほど人が多いのだ。

上空から誰か一人を見つけることなど、困難だろう。

そう思いはしても、胸が高鳴る。

(駄目よ。彼の想い人はわたくしではない。アレクの恋人はペトラなのだから)

どきどきと煩い胸を押さえ、わたくしはそれでもアレクから目が離せない。

浮いている舞台の中央に、もう一段、一回り小さな舞台がせり上がる。

その上に、剣を構えたアレクが飛び乗った。

アレクは剣を構え、片手を添わす。瞬間、ぼうっと剣が炎を帯びる。

中央でアレクが高々と剣を掲げると、紅蓮の炎が蛇のように空に舞い上がり、ぐるぐると円を描きながら踊り狂う。

紅蓮の炎から舞い散る火の粉は、けれど少しも熱くない。パラパラと夜の闇の中を舞い散る炎は煌びやかで刺激的だ。

剣舞を披露するアレクを、わたくしはただただ見つめ続ける。

どうしてこんなにも格好良いのか。

諦めなければならない想いが、胸の奥で疼いて痛みを訴える。

すべての騎士の剣に魔法が付与され、宙に浮く台座がまるで花火のように輝くが、わたくしはアレクばかりを追ってしまう。

アレクの作り出した紅蓮の炎蛇はくるくると舞い踊りながら剣の中へ戻ってゆく。

騎士達がアレクに合わせて剣を構えると周囲から歓声が上がり、割れんばかりの拍手が沸き上がる。

本当に盛大な祭りだ。

宙に浮いていた台座が、ゆっくりと下降してくる。

（……ペトラが戻ってこないわね）

すぐに戻ると言っていたのに。

結界を張り巡らせるのが結界祭の最大の催しだろう。それを見ずにどこかへいってしまうとは思えない。

ましてやわたくしを待たせているのだ。

嫌な予感がする。

王宮だからと油断せずにやはりついていったほうが良かったのだろうか。入れ違いになってしまうかもしれないが、少し探したほうがいいかもしれない。

何もなければ、それでよいのだから。

わたくしは、小柄なペトラの姿を探して、中庭から離れた。

◇◇◇◇◇

（本当に、どこへいってしまったの？）

探しているのに、一向に見当たらない。

給仕に尋ねてみても、首を振られるばかり。

この城のお手洗いは数か所ある。だからそのすべてを見て回ったのだが、彼女の姿はない。

わたくしに断りもなく勝手に帰ることもあり得ないだろう。

けれど彼女がいきそうな場所が思い当たらない。唯一彼女との繋がりはアレクだが、彼は舞台の上にいた。

（アレクのところへもいくはずがないのよね）

演舞が終わったとはいえ、公務中の彼の邪魔になるような行動は決してしないはずだ。

人混みから離れて裏庭に来てみると、見知った人影が見えた。

（……ゼトネア侯爵令嬢？）

因縁のある彼女が一人で佇んでいる。

つまらなそうに塗られた爪を眺めながら、こんなところで何をしているのだろう。

向こうがわたくしに気づき、目に嫌な光を宿す。

「お久しぶりね、リディアナ・ゴルゾンドーラ様」

「わたくしは発言を許可していないのだけれど」

「っ、失礼いたしました」

下位の者は上位の者の許可がなければ話しかけてはならない。

ぎりっとゼトネア侯爵令嬢の歯ぎしりの音が聞こえた気がしたが、あえて気にかけない。

リスルテア王国では、貴族令嬢であっても表情豊かなのだろうか。特に負の感情に限って顔に出やすいのではないだろうか。

「発言を許可するわ、ゼトネア侯爵令嬢。こちらに、カトミアル子爵令嬢が来なかったかしら」

瞬間、ゼトネア侯爵令嬢が赤く塗った口の端をにいっと吊り上げる。

「なぁんだ、あなたもやっぱりわたしと同じだったのね」

「何のことを言っているの？」

「とぼけても無駄よ。わたしはこの耳でちゃんと聞いたわ。ペトラを連れに来た使用人ははっきりとこう言っていたもの。リディアナ様の使いですってね。貴方もあの子のことが気に入らなかったのでしょう？」

何を言っているのだこの女は。

わたくしの侍女はカーラしかいない。そして彼女はここに連れてきていない。

わたくしの使いなど、ここにいるはずがないではないか。

「いいのよ、隠さなくても。子爵令嬢風情が侯爵子息と恋人のはずがないもの。幼馴染の立場を利用して付きまとっているに過ぎないわ」

嫌な汗が背中を伝う。

ペトラを誰かが連れていった？

わたくしの名を騙って？

悪い予感しかしない。

「……ペトラは、どこへ？」

「あら、気になるの？　直接手を下したいわよねぇ。わかるわ」

「なんでもいいわ、答えなさい！」

「な、何よ急に声を荒げて。あなたの使いと西の塔へいったわよ」

ぎりっと唇を噛みしめる。

一体、誰がペトラを？

わからない。

けれど急がなくては。

彼女がいなくなってからそれほど時間はまだ経っていない。西の塔なら門の反対側だ。

王宮から出ていない可能性が高い。

（ペトラ、無事でいて頂戴）

わたくしは困惑気味のゼトネア侯爵令嬢を無視して西の塔へ走り出した。

人目が夜空に向いていてよかった。花火はまだまだ打ちあがっている。この後はダンスもまたあるはずだ。

淑女らしからず走るわたくしに気を留めるものはいない。

(走りづらいわね……っ)

当たり前のことだが、ドレスとヒールは走るのに向いていない。

けれど急がなければ。

わたくしの名を騙って呼び出したなら、少なくともペトラは無事であると思いたい。

公爵令嬢の友人なのだ。

わたくしはまだこの国に来て間もない。

当然、知人友人も少ない。

そんな数少ない友人を捕らえたならば、その使い道はわたくしへの脅迫ではないだろうか。

ペトラへの危害だけなら、わたくしの名を騙る必要はない。

褒(ほ)められたことではないが、ゼトネア侯爵令嬢のように直接手を下せばよいのだから。

子爵という身分は貴族ではあるけれど、決して高い身分ではない。カトミアル子爵家の結界石が弱まっていたことからもわかるように、裕福であるともいえないだろう。

つまり、言い方は悪いけれど何の後ろ盾もない弱い家だ。

アレクの想い人であっても虐げられているのは、そういった事情もあるのだろう。

(だから、ペトラは、無事よ)

走っているためか、不安からか。

どくどくと嫌な音を立てる心臓を無視して、わたくしは必死にペトラを探す。

その甲斐(かい)あってか、西の塔より手前でペトラと見知らぬ男の姿を捉(とら)えた。

「そこの貴方、止まりなさい！　ペトラをどこへ連れていこうというの」

上がっている息を飲み、わたくしは精一杯声を張り上げる。

辺りにはわたくし達しかいない。

ペトラを連れていた男が、ゆっくりと振り返る。

服装こそ、貴族の従者として通用しそうだがその顔はどうだろう。

「リディアナさま？」

きょとんと首を傾げるペトラを、男が背に隠す。

「呼び出そうと思ったら、まさか相手の方から来てくれるとはなぁ？」

にやにやと下卑(げび)た笑みを浮かべる男に、舌打ちをしたくなる。

失敗した。

背後から、氷魔法で攻撃してしまうべきだった。相手はわたくしの名を騙る不埒ものなのだ。

何一つ遠慮などしないでよい相手だったのに！

「あの、リディアナさまがこちらにいらっしゃると……」

「黙れ」

「きゃっ！」

男がペトラの腕を掴んで捕らえる。

「ペトラに乱暴しないで！」

「なら、わかるよなぁ？　大人しくついてこい」

ペトラがわたくしと男を交互に見つめ、青ざめる。

「わ、わたし、あのっ」

「黙れと言っただろう」

「やっ、痛っ！」

掴まれた腕を後ろに捩じり上げられ、ペトラが苦痛に顔を歪める。

「やめなさいと言っているでしょう！　ペトラを離しなさい。いますぐ！」

わたくしは氷魔法で氷の石を出現させる。

「へぇ？　そんなものでどうにかできるとでも？　こいつを俺が消すほうが早いよなぁ」

「あぁっ！」

さらに腕を捩じり上げられたペトラが、悲鳴と共に涙を零す。

駄目だ。

男の言う通りだ。

わたくしのこんな氷魔法なんかでは、威嚇にもならない。

「遅いと思ったら、手こずってるなぁ?」

暗がりから、もう一人別の、ひょろりと背の高い男が現れた。口調から察するにペトラを騙した男の仲間だろう。

最悪だ。

一人なら逃げ切れるが、ペトラを連れて二人の男から逃げるなんてできることではない。誰かに伝えてから来るべきだった。

けれど焦っていたから、わたくしは一人でのこのことおびき出されてしまった。

「おっと、叫ぶなよ? この女を殺されたくないならな」

「わかっているわ」

想定済みだ。

だから叫ばなかった。狙いはわたくしなのだ。この者達にとってペトラはわたくしをおびき出すためのただの餌。

わたくしが来てしまったいま、用済みとばかりに先に処分されてもおかしくないのだ。それだけは絶対に避けなくては。

氷魔法を消し、わたくしは無抵抗なふりをする。

にやつく男は、ペトラの口に猿轡を噛ませ、腕を縛り上げた。

「んっ、ん～～～～～～～～っ」

「大人しくしろよ、お前はもう必要ないんだ。何ならここで消してもいい」

「ペトラ、言うことに従って頂戴。抵抗しないで」

足掻こうとするペトラを、わたくしは止める。

男共を刺激すれば、わたくしよりペトラの身が危ない。

「あんたは状況がわかっているようだが、無駄な抵抗はするなよ？」

ひょろりと背の高い男が、わたくしの両手首を縄で縛る。

わたくしはその瞬間、男達に気づかれないように、自分の手首と縄の間に氷を入れ込んだ。

縛られる時、男の手首のブレスレットが見えた。ブレスレットのタグには黒い蠍が描かれている。

(黒蠍？　アレクといった食堂で噂されていた？)

最近話題に出ていた失踪事件の黒幕として噂されていなかっただろうか。

なぜそんな集団が王宮に紛れ込めているのか。

今日は平民も来場することが許されているが、それは裕福な、いわば身元がしっかりした者達ばかりだ。

間違っても、目の前の男達のようならず者共が何食わぬ顔で入り込める場所ではない。

（……手引きした貴族がいる？）

わからない。

「黙ってついてこい」

ペトラはにやついた男の肩に担がれ、わたくしは背の高い男に連行された。

王宮は広い。

空いている部屋はいくつもあるのだろう。特に西の塔はあまり使われない。

この辺りは警備も手薄で、今日は結界祭。

王宮騎士団も王宮魔導師団もみな祭りに駆り出されている。

（どうやって逃げようかしらね）

このままこの者達のアジトに連れていかれるのだろうか。王宮の出口は真逆だ。正面の門から出るわけにはいかないだろうが、西側に出口はない。王宮はぐるりと城壁に囲まれている。

それに貴族令嬢二人を王宮からどう攫うというのだろう。わたくし達二人は縛られているのだから、警備兵に見つかれば言い逃れなどできないだろう。

わたくしは男達に気づかれないように、氷の粒を手の平から少しずつ零す。

魔法で作り上げた氷だ。見た目はただの小さな氷だけれど、すぐには溶けない。

道端に落ちるこれを見て、わたくし達の危機に気づいてくれる人などいるだろうか。

けれどいまわたくしができることは、これぐらいしかない。

「乗りな」

男達に連れられてきたのは、荷馬車だ。

しかし、馬が付いていない。壊れているのだろう。幌が埃を被っていて長い間使われていないことがわかる。

ここは王宮の廃車置き場ではないだろうか。何台もの荷馬車が馬を外されて置かれている。

どさりとペトラが荷馬車の中に投げ込まれた。

「丁寧に扱いなさいっ。彼女に何かあったら許さないわよ！」

「へぇ？　この状態で何をどう許さないんですかねぇ、貴族のお嬢様というやつは、高慢ちきで常識も何もあったもんじゃやねぇなぁ！」

「きゃっ！」

肩を小突かれ、倒れ込むように荷馬車に乗せられる。ペトラはすでに気を失っているのか、ぐったりとして動かない。

(生きているわよね？　無事よね？)

意識のない彼女に気が気じゃないが、微かに胸が上下しているのがわかる。だが少しも安心できない。物でも運ぶように男共は扱いが悪いのだ。

男が床に敷かれた絨毯(じゅうたん)を引きはがすと、荷馬車の木の板が顕(あら)わになり、嫌なものが目に飛び込む。

(あれは、まさか、魔法陣？)

荷馬車の床に、見たことのある魔法陣が描かれている。領地から王都へ移動する時などに使われる転移魔法陣だ。

まさかこんな場所にそんなものがあるなんて。

使われれば、どこへ飛ばされるのかわからない。

廃棄処分予定の荷馬車の中に隠されていれば、まず見つからないだろう。荷馬車の幌をどけて中を見ても、あるのは絨毯が敷かれた状態だ。

わざわざ絨毯をどかしてまで誰も確認などしないに違いない。

(不味(まず)いわね……)

王宮の中なら、まだ逃げられるのではと思っていた。逃げられないまでも、助けを求めることはできるのではないかと。

けれどどことも知れぬ場所に飛ばされてしまっては、助けを呼ぶことも逃げることも困難だ。

「さぁ、俺達のアジトに向かおうか」

男が魔導石を魔法陣の上に掲げる。

(やはりね)

男達が魔法を使えるわけではないようだ。

転移魔法陣を発動させるだけの魔力を魔導石に込め、使っているのだ。そんなことができるのは、平民ではまずあり得ない。

魔法陣が輝き、視界がぐらぐらと傾いだ。

たまらず目をつぶる。

それでもわたくしは手の平に魔力を集中させ、とあることを試みておく。

次に目を開いた時には、見知らぬ部屋に連れ去られていた。

頭ががんがんと痛む。

船旅で酔ってしまったかのような気持ち悪さだ。随分と質の悪い転移魔法陣を使われたらしい。

魔力のない男達が魔導石で発動させられる程度の転移魔法陣となると、質を落とさざるを得なかったのだろう。

「うっぷ、いつ使っても気持ち悪ぃ。お貴族様はこんなもんを移動によく使えるよなぁ」

「文句を言うな。俺達は使わせてもらえることに感謝だけすればいい。こいつがあるから足が付かずに済んでいるんだ」

「お前だってその顔色だと相当酔っただろう？　あー、俺はもうダメだ。しばらく休む。代わりの人員寄越すから、お前もそいつらを別室に閉じ込めたら代わってもらえ」

「そうさせてもらおうか」

意識のないペトラを担ぎ、男はわたくしに顎（あご）でついてこいと促す。

一人で立ち上がるのも辛いが、こんな男に手を借りるのはごめんだ。

吐き気を堪え立ち上がり、わたくしは大人しく男についていく。

（破落戸（ごろつき）の屋敷にしては随分と綺麗ね）

これも貴族が裏についているからだろうか。あばら家ではなくきちんとした屋敷だ。

連れられる廊下からは外が見えないようにカーテンがかかっているが、部屋数は多そうだ。

そのカーテンも天鵞絨（ビロード）で高級感がある。

貴族の別邸とまではいかなくとも、商家の離れ程度の規模はありそうだ。おそらく外から見ても、ここに破落戸がたむろしているなどとは思われないだろう。

（そうすると、やはりまだ王都の中かしら）

転移魔法陣は、発動に魔力が必要なのはもちろんだが、移動距離には魔法陣の精巧さと術者の魔力量が関係する。

今回の転移は破落戸共に魔力はなく、魔導石を利用した転移だった。魔法陣自体も粗悪なものを使用されているのなら、移動距離も狭められる。

貴族や富豪の屋敷が多い王都ならばともかく、王都を出てこれだけの屋敷を構えるとなると、相当目立つはずだ。

そのことからも、まだ王都の中だと思えるが場所の特定は困難だ。

「ここで大人しくしていろ」

「うっ……」

ペトラを担いでいた男が彼女を床に投げた。痛みでペトラが目を覚ます。

「彼女に乱暴にしないで！」

「うるせぇな。こちとら吐き気でイライラしてるんだ！」

思いっきり突き飛ばされ、わたくしは床に倒れ伏す。

乱暴に扉を閉め、男は出ていった。

わたくしはどうにか立ち上がり、縛られた手ですぐに鍵を確認してみるが、当然のことながら閉められている。

ここは倉庫代わりなのだろう。荷物が積まれた部屋は埃っぽい。

「り、リディアナさま……」

投げ捨てられた衝撃で猿轡が外れたペトラは、水色の瞳に涙を溜めて震えている。

「怖い思いをさせたわね……」

「いいえ、いいえっ。わたし、リディアナさまが待ってるって、それでっ」

「わかっているわ。貴方は巻き込まれてしまっただけ。何一つ、悪くなどないわ」

「リディアナさま……っ」

泣きじゃくるペトラの隣に座り、寄り添う。

わたくしは、縛られる前に縄の隙間に入れておいた氷を溶かした。

すると縄にゆるみが出て、わたくしを縛り上げていた縄はするりと解けた。

軽く手を振ると手首には縛り上げられた縄の跡がくっきりと残っている。これは、しばらく痣として残るだろう。

「じっとしていてね」

薄暗い室内では手元がよく見えないが、ペトラの縄も何とか解けた。

けれど随分きつく縛られてしまっていたせいで、ペトラの手首にもわたくしと同じ縄の跡が残ってしまった。縛るにしてももう少しどうにかならなかったのだろうか。

(そもそも、なぜわたくしを呼び出そうとしたの?)

身代金だろうか。けれどわたくしが隣国の公爵令嬢であることはまだあまり知られていないはずだった。バン伯爵家は裕福だから、請求先をバン伯爵家にするつもりなのだろうか。

結界祭には裕福な商家の平民や下級貴族でありながらも富豪なものも多く集っていたはずだ。

わたくしが名指しで狙われた理由がわからない。

（いま考えても答えは出そうにないわね）

男共の目的がはっきりせずに気にはなるが、いまは逃げることを優先しよう。

周囲を見回すと、積み上げられた箱の後ろの天井付近に小さな採光窓がある。

部屋に積まれた荷物を足場にして登り、わたくしは窓に手をかけた。

当たり前だが、やはり開かない。ぐっと力を入れて押してみてもびくともしない。嵌めごろしの窓なのだろう。

けれど小さな窓からでも、外の様子が窺える。

（やはり王都なのね）

遠くに城が見える。

まだまだ結界祭は続いているようで、色とりどりの花火も見えた。王都であるなら、この屋敷から出られれば助けを求めることもできるはず。

けれどこの小さな採光窓からでは、小柄なペトラですら抜け出せないだろう。ほかに出口らしきものはない。

（どうやって抜け出せばいいのかしら）

部屋に一つしかない鍵のかかったドアを見つめる。

このままここにいてもいいことは絶対にない。すぐに殺されなかったのはただの幸運なのだ。

見張りの男共が来る前にどうにかしたいが……。

（そうだわ）

「ペトラ、少し離れていてね」

わたくしはドアから離れるようにペトラに指示する。

きちんと距離を取ったのを確認してから、わたくしは思いっきり氷魔法をドアに叩きつけた。

思ったよりも派手な音を立てて、ドアは壊れた。

破落戸共が駆け込んでくるのは時間の問題だ。

「ペトラ、こっちよ！」

「は、はいっ！」

わたくしはペトラの手を掴み、部屋を飛び出し廊下を走る。

ここはおそらく三階だ。

逃げるには、一階にいかなくては。

バタバタとこちらに向かってくる足音が聞こえる。

わたくしはペトラの手を引いて、空いている部屋に身を隠す。ペトラも必死に口を押さえ、泣き声が漏れないように耐えている。

『なんでドアが吹き飛んでいるんだ！』

『女共はどこだっ』

そんな声が聞こえてくる。

わたくしは部屋に鍵をかけ、窓の外を見る。テラスのある窓辺は、下の部屋も近い。

「ペトラ、よく聞くのよ。いまから、下の部屋に逃げるわ」

「リディアナさまに、し、従います」

「いいこね」

震えながらも頷く彼女の頭を撫でる。少しでも安心させてあげたい。

わたくしはドアを氷で凍らせ、さらにテーブルを引いてドアの前に置く。これで鍵を壊されてもすぐには中に入ってこられない。

『虱潰しに部屋を探せ！』

そんな男共の怒声が響き渡った。

猶予は少しもない。

『不味いぞっ、逃がしたなんてダデラ伯爵令嬢に知られたら、俺達どうなるかっ』

緊迫した男の声に、わたくしは一瞬気を取られる。

(ダデラ伯爵令嬢と言った？)

ペトラを騙し、わたくしを呼び出したのはジェレミィ・ダデラ伯爵令嬢だというの？

そんな馬鹿なという考えと、彼女ならやりかねないという思いが同時に浮かぶ。

イグナルトに心底惚(ほ)れている彼女だ。

目障りなわたくしを彼の側から引き離したいと思うのは当然のことだろう。わたくしに一切イグナルトへの気持ちがなくともだ。

少なくとも彼女はわたくしに対してそうは思っていなかったのだから。こんなことならもっとしっかりと、彼女の誤解を解いておくべきだった。

けれどよもやまさか、破落戸共を雇ってまで攻撃してくるなどとは思わなかった。

乱暴に側の部屋を開ける音が聞こえる。

時間がない。

わたくしは動揺する心を抑えて、窓を開け放つ。

部屋の中に一気に外の空気が入り込み、カーテンがはためく。テラスの外に広がる夜空に逃げ場はないように思えた。

けれどわたくしはアレクの言葉を思い出しながら、氷魔法を使う。

(地面に氷を這(は)わせられるのなら、空中にだって走らせられるのではない？)

そして三階のテラスから、斜めに氷を走らせる。

道のように幅広の氷の帯は、三階のテラスから、隣の部屋の下にある二階のテラスに繋がり道を作った。

思った通りだ。

下まで一気に繋げることができればいいのだが、わたくし程度の氷魔法ではそんな距離まで繋げられない。

わたくしはさらに、テラスを囲む柵を乗り越えられるように、氷の階段を作り出す。ドレスで柵を上るのは不可能だが、階段であればなんとかなる。

(滑りそうよね……)

氷で作った階段だ。見るからにつるりとした表面はそのままでは足を取られてしまうだろう。

わたくしは魔力を氷に這わせ、包み込むようにイメージする。そうすると、氷の表面が石畳のように固く、それでいて滑りづらい手触りに変化した。初めての試みだが上手くいったようだ。

ペトラと二人で氷の階段を上ると、ほんの数歩なのにその高さに眩暈(めまい)がしそうだ。下を見てはいけない。

「ペトラ、このままここを進むわよ」

「は、はいっ」

ごくりと喉が鳴る。

(怖い)

幅は十分あるが、風を感じるたびに足が震える。滑り落ちれば無傷では済まない。けれど二人で無事に逃げきるには、こうするしかないのだ。

(大丈夫、落ちはしないわ……)

氷の道の左右は、くるりと丸みを帯びている。道というより、半分に切った筒のようだ。

一気に滑り降りれば、問題ない。

『この部屋だ、鍵が閉まってる！』

ついに男共が部屋の前に来た。

「いくわよっ」

ペトラを抱きしめて、一気に滑る。

(〜〜〜〜〜〜〜〜〜〜〜〜〜〜〜〜〜〜〜〜〜っ！)

上げそうになる悲鳴を飲み込んで、わたくし達は二階のテラスにたどり着く。

氷の階段と道を壊し、わたくしはペトラの手を引いてテラスから部屋の中に逃げ込んだ。

すぐに窓を閉める。

(これで、わたくし達がこの部屋に逃げたことはわからないはず)

三階の部屋の中を探すはずだ。

テラスを見ても、わたくし達がまさかこんな魔法を使うとは思わないだろう。

(ここから、一階へ走り抜けられるかしら)

ドアに耳を付け、外の様子を窺う。部屋の前には誰もいないようだ。

そうっとドアを少しだけ開け、覗き見る。周囲にそれらしき人影はいない。どうやら男達は全員三階へ向かっているらしい。

天井から走り回る足音が響いている。

(敵は何人いるのかしらね)

最初の二人と、駆けつけてきた男共は声が違っていた。

ならば最低四人はいる。走り回る足音から察するに、十数人はいるのではないだろうか。

ペトラを手招きし、部屋から抜け出す。

けれどペトラがその場でうずくまった。

「どうしたの？」

「……気持ち、悪くて……」

顔色が真っ青だ。

わたくしも粗悪な転移魔法陣のせいでまだ頭がずきずきとしている。

気を失っていたとはいえ、ペトラもあの魔法陣で連れてこられたのだ。体調を崩していてもおかしくない。

だというのにわたくしは配慮に欠けていた。

いったん部屋に戻り、鍵をかける。

「ごめんなさい、リディアナさま……」

「いいえ、わたくしのほうこそ、無理をさせたわ」

背中をさすってあげると、少しほっとしたようだ。

(何か飲み物でもあればよいのだけれど)

この部屋は客室のようだ。

備え付けのティーセットなどは見当たらない。

(そうだわ)

氷を手の平に作りだし、ハンカチで包む。それをペトラの額に当ててあげた。

「冷たすぎないかしら」

「はい、気持ち良いです……っ」

しばらく彼女が落ち着くまでこの部屋に潜むしかなさそうだ。

——コトリ

何かの音がして、びくりと肩が跳ねる。

わたくしは息を潜めて耳を澄ませた。

男達だろうか。けれど外からは何も聞こえない。

わたくしは手の平に魔力を集中する。いつ何が出てきても氷を放てるように。

ペトラはまだ気づいていない。

『……うっ、うくっ……ひくっ……』

泣き声？

わたくしはさらに耳を澄ませる。

この部屋の奥に、誰かが、いる？

客室だからか、部屋の中が壁で仕切られていて、中の扉でいき来ができる。

わたくしはペトラを残して立ち上がり、恐る恐る奥の部屋への扉を開く。

泣いていた子が顔を上げた。

そこにいたのは、わたくしの見知った顔だった。

そばかすの浮かぶ顔は幼く愛らしく、三つ編みに下ろした髪は茶色に近い金髪の少女。

「……貴方どうしてここに？」

金髪の少女は、ゼトネア侯爵家で見かけたメイドだ。

確かユイリー叔母様が行方不明になったと心配していた子ではないだろうか。愛らしい顔なのだが、いまは濃い疲労が浮かび、虚ろな瞳は怯え切っている。

「わ、わたしは、攫われたんです……っ。ダデラ伯爵令嬢の怒りに触れたからだって……っ。お願いします、助けてください！」

「どうか落ち着いて、大きな声を出さないで」

「いや、もう嫌なの、助けてっ！」

「助ける、助けるわ、だからどうか静かにして」

わたくしは泣きわめくメイドの口を手で押さえる。

こんな乱暴なことはしたくないが、彼女はもう錯乱寸前だ。騒がれてしまっては男共を呼び寄せてしまう。

（それにしても、ジェレミィは何をしているのよ）

この子はただのメイドだ。

怒りに触れた？

それは、侯爵家のパーティーでイグナルトといた時のことだろうか。

貴族に話しかけられたらメイドが無視などできるはずもない。だというのに、イグナルトに話しかけられていただけで誘拐（ゆうかい）するだなんて正気とは思えない。

（……まって。誘拐？）

下町で噂になっていた黒蠍団。

年頃の少女が何人も行方不明になっていなかっただろうか？

このならず者共には良すぎる屋敷。

常にここを使っているのなら、この屋敷の持ち主は誰？

攫われた少女達はいま、どうしているのか。

なぜ、わたくしは、すぐに殺されなかった？

ぞわりと腕が粟立ち、足が震えてくる。

(早く、ここから脱出しなければ)

大人しくなったメイドの口からそっと手を離し、ペトラのところへと一緒に戻る。

「その方は……」

氷で冷やして落ち着いたのか、大分顔色の良くなったペトラが不安そうにメイドを見つめる。

「この子は、行方不明だったゼトネア侯爵家のメイドよ。……名前は言えるかしら?」

「………」

虚ろな瞳のメイドは答えない。

よく見れば身体のあちらこちらに痣がある。何度も殴られたであろうことは一目瞭然で、ならず者共に強い怒りがこみあげてくる。

そしてそれを支援しているであろうジェレミィにもだ。

なぜジェレミィが黒蠍団と繋がっているのかなどはどうでもいい。早くみんなで脱出して、アレクにこの事実を伝えなければ。

「ペトラはもう動ける?」

「はい、大分、おさまってきました」

頷く顔色はまだ青ざめてはいるものの、先ほどよりは随分と良くなっている。

ここはまだ二階だが、ここからならわたくしの氷魔法で一階まで一気に氷の道を作って滑り降りることはできるだろうか。

バタバタと慌ただしい足音が近づいてくる。

わたくしはドアにかけた鍵をさらに凍らせる。

『こっちだ！　声が聞こえた！』

男共の声が響く。

メイドの叫び声がやはり響いてしまったのだろう。男の声に再び叫びかけたメイドの口を塞ぐ。

苦しそうに身体をひねるが、離してあげることはできない。

「ごめんなさいね、どうか、静かにじっとしていて」

ペトラも自分の口を押さえて息を殺す。

どのくらいそうしていただろう。

――どんっ！

――どんどんどんっ！

ドアが激しく叩かれた。

「ここだ！　ここが開かねぇ！」

(見つかった！)

ドアから離れ、入ってきた窓へ戻る。

瞬間、目の前に男が降ってきた！

上の階からロープを使って降りてきたのだ。咄嗟にわたくしは後ろに下がって男から距離を取ったが、逃げ遅れたペトラの手が捕まれる。

「きゃっ！」

「捕まえたぞ！　手間をかけさせやがって」

「ペトラを離しなさいっ」

駄目だ、これではまた全員捕まってしまう。

メイドが男の姿を見た瞬間、悲鳴を上げる間もなくくたりと気を失った。抱き留めようとしたが、わたくしもそのまま床に引きずられるように倒れた。

足が震えている。

(駄目よ、ペトラを守らなければいけないのに！)

けれど足に力が入らない。

わたくしはこんな場面に出くわしたことなどない。

公爵令嬢だから、誘拐された時の教育も受けている。だから、縄で縛られた時の対処法も知っていた。

けれど言葉で教わるのと、実際は違う。

火焔獣の時と同じだ。知識と現実は別物なのだ。

震える足に気づかれないように、わたくしは男を睨(にら)み付ける。

弱みを見せたら負けだ。

(これほどに、恐ろしいものなのね……)

見知らぬ男に捕らわれる恐怖は、意識を失わないのが不思議なほどだ。これからどんな目に遭わされるのか考えたくもないが、嫌でもわかる。

これは罰だろうか。

何一つ悪くなかったフィオーリ・ファルファラ伯爵令嬢を陥(おとしい)れたわたくしへの。

見知らぬ男に暗がりに引きずり込まれた時の彼女の表情と、青ざめていまにも倒れそうなベトラの顔が重なって見えた。

「んったく、どうやって逃げたか知らねぇが、身のほどってもんを教えてやろうじゃねぇか」

「わたくしは公爵令嬢よ。手を出したらどうなると思っているのかしら」

「さぁねぇ？　バラしちまえば身分なんざ関係ねぇだろう」

「バラす……？」

「はっ！　お上品なお貴族様にはわからねぇか。ぶっ殺しちまえばいいってことだ」

「わたくし達を殺して、それで何になるというのかしら」

貴族令嬢たるもの、むやみに表情を表に出さない。その淑女教育がいまほどありがたかったことはないだろう。

わたくしの表情は、怯える心をおくびにも出さずに冷ややかさを保っているはずだから。

「おいおい、久しぶりの上玉だ。無駄にすんなよ」

別の男も窓から入ってくる。

ドアを叩く音も激しい。

鍵も氷も壊されて男共が雪崩れ込んでくるのも時間の問題だろう。

「わかってるって。だがなぁ、こいつらにはちぃとばかしお仕置きが必要だとは思わねぇか？」

「……今度の客は顔さえよければいいっていう御仁だからな。いいだろう、売り飛ばす前に二度と逆らう気が起きないように躾けておけ」

「へへっ、そう来なくっちゃ」

「やっ、痛っ！」

捕らえていたペトラを横に投げ、男が代わりにわたくしの腕を掴んで立ち上がらせる。

わたくしはその好機を逃さなかった。

全力で、氷魔法を放つ。

「ぎゃあああ、なんだこいつっ」

掴んだ腕を凍らされた男が叫んでわたくし達から離れた。

「ペトラ、わたくしの後ろに！」

駆け込んできたペトラと気を失ったメイドを背に、わたくしは氷で周囲に壁を作り出す。

地面を這わせた氷と同じ要領だ。

「このっ、出てきやがれ！」

氷の壁を男達が叩くが、壁はびくともしない。ただの氷ではないのだ。わたくしが消すか、魔力が尽きでもしない限り素手で壊せるものではない。絶対に出ていくものか！

どんどんと氷の壁を無駄に叩く音と、部屋のドアを叩く音が響き続ける。

氷の壁はいい。わたくしが維持しているのだから。けれど部屋のドアの方はそうはいかない。ここからでもわかるぐらいにドアが軋むで歪んでいる。そして一瞬ドアを叩く音が止まった次の瞬間、粉々に吹き飛んだ。

（ここまでなの!?）

これ以上敵が増えたら、もうどうにもならない。

わたくしはそれでも必死に氷の壁を作り続け、目をぎゅっとつぶる。

「リディアナ、無事か!?」

え。

この声……。

聞こえた声に、わたくしは恐る恐る瞳を開く。

瞬間、飛び込んできた鮮やかな赤。

アレクだ。

彼が、いま、目の前にいる！

「アレク……っ」

氷の壁越しにわたくしと目が合うと、彼はほっとしたように鋭い気配を一瞬緩めた。けれど次の瞬間には金色の瞳に強い怒りを宿し、彼は破落戸共を睨み付ける。

「てめぇら、命はないと思え！」

アレクが叫び、破落戸達と向かい合う。

紅蓮の炎をまとった剣は多勢に無勢をものともせず、部屋に次々と飛び込んでくる破落戸共すらも切り捨てていく。

燃えるような赤い髪と紅蓮の剣が薄暗い部屋の中、希望をもって輝いた。

（あぁ、やっぱり、好きだわ……）

わかっている。

彼が助けに来たのは最愛のペトラだ。

けれどそれでも、惹かれてしまうのだ。決して好きになってはいけない人なのに。

キンッと金属の剣と剣が混じり合う音が響く。破落戸がいつの間にか長剣を手にしている。

いままで切り捨ててきた男達とは違うようだ。

腕に覚えがあるようで、騎士団のアレクと互角に切り合う。アレクの額に汗が浮かび、疲労が漂う。

もうすでに部屋の中だけでも片手で足りないほどの敵を屠ったのだ。この部屋に来るまでにも戦ってきたに違いない。

(アレク……アレクっ！)

わたくしは祈るしかできない。せめて足手まといにならないよう、人質にされないように氷の壁を作り続けることだけで精一杯だ。

「っ！」

「アレク！！！」

アレクが体勢を崩した。

その瞬間を、破落戸は見逃さずにすかさず剣を振り下ろす。

にやりと、アレクが笑った。

崩した体勢をすかさず戻し、破落戸の足を払って倒れ込んだその後頭部を剣の柄で殴る。殴られた男はそのまま床に倒れて動かない。昏倒したようだ。

「隊長ご無事ですか！」

王宮騎士団が次々と駆け込んでくる。

（これで、もう、大丈夫……）

わたくしは氷の壁を解いた。

隣を見ればペトラは青ざめているものの、しっかりと意識を保っている。

「アレク、ペトラは無事よ」

「お前は無事なのか!?」

アレクがわたくしの肩を両手で包み込むようにそっと触れ、真剣な眼差しで見つめてくる。

どくりと心臓が跳ね、わたくしは思わず目をそらしそうになる。駄目なのに。好きでいてはいけない人なのに。

「無事だな？　どこも怪我はしてないな!?」

わたくしの身体にそっと触れ、まじまじと見つめるアレクは辛そうだ。

「えぇ、無事よ。それより、ペトラを……」

言いかけた言葉は途中で止まってしまった。

アレクがわたくしを抱きしめたから。

「えっ、あの、え……っ」

ペトラが側にいるのに!?

わたくしの動揺を余所に、アレクは抱きしめる腕に力を込めてくる。一気に顔に熱が集まるのがわかる。

「良かった……」

振り絞るように声を漏らすアレクは、険しかった表情を緩める。

「あの、アレク？」

心の底から安堵する様子に、わたくしの困惑は深まる。こんな風に抱きしめられてそんな声を出されたら、期待してしまうではないか。違うのに。彼が大事なのはわたくしではなく、ペトラで、わたくしは、ただの友人なのだから。

それでも、嬉しくなってしまう。表情に出さないように努めているが、どうか気付かないで。

「上空から、ずっとリディアナを見ていた。お前が何か急いで走っていくのを。何かあったのだとわかった。だから俺は、事情を話して役を交代してもらった。リディアナが氷の粒を道に沿って落としてくれていたから、荷馬車までたどり着けた。絨毯の下の魔法陣も、氷漬けになって光っていたから気づくことができた。けれどすぐに助けに来れなくて悪かった。怖かっただろう？」

あぁ、上手くいったのね。

わたくしは攫われるのがわかったあの時、目印になればと思い、氷の粒を落としながら歩いたのだ。

魔力で作った氷だ。すぐに溶けることはない。

けれど暗い夜道の中、小さな魔法の氷などに気づいてもらえるかどうかはわからなかった。

魔法で作ったとはいえ、たかが氷を気にかける人間がいるかどうかすらも不明で、それでもわたくしは万に一つの可能性に賭けて道しるべとして残したのだ。

そして魔法陣にも仕掛けを残した。

転移する瞬間に、わたくしは氷魔法を発動させ、凍らせた。

魔法陣自体に干渉することなどできなかったが、凍った魔法陣は上に絨毯が被さってもわかるように凸凹としていたに違いない。

アレクのわたくしをぎゅっと抱きしめる腕に力がこもる。

そうされると、わたくしの身体から力が抜けていく。ずるずると座り込みそうになる身体をアレクが支えてくれる。

「こわ、怖かった……」

「うん」

「わたくし、怖かったわ……」

ぽろっと、涙が零れた。

貴族令嬢だというのに人前で感情を顕わにするなど愚かなことだ。けれどどうにも止まらなかった。

怖かった。

本当に怖かった。

けれどペトラを守らなければと思い、必死に足掻いた。

「隊長、このメイドはおそらく行方不明者です」

アレクの部下が気を失っているメイドを見て報告する。

そうだ。

泣いている場合ではない。わたくしは、伝えなければいけないことがある。涙を抑え、わたくしはアレクを見上げる。

「アレク、聞いて。この者達は、ダデラ伯爵令嬢と繋がっているわ」

「ダデラ伯爵令嬢……ジェレミィ・ダデラ伯爵令嬢か」

「ええ、そう。わたくし達が逃げる時に聞いたのよ。男達は言っていたわ。わたくし達に逃げられたと知られたら、ダデラ伯爵令嬢にどうされるのか、と。それにこの子もよ。ジェレミィの被害者だわ」

騎士団員に抱きかかえられたメイドの頭を撫でる。

愛らしい頬は痩け、いまだに意識は戻らずぐったりとしている。攫われてからこの屋敷でどんな目に遭っていたのかと考えると胸が痛む。

「そうか……」

アレクも辛そうに眉を顰めた。

「隊長、ほかの部屋にも被害者がいました！」

屋敷中を探しているのだろう。せわしない足音が聞こえる。

「男達は売り飛ばす前に、とも言っていたわ。わたくし達を殺さなかったのは、買う客がいるからよ」

「……二人とも、すぐに家に戻そう。護衛を付ける」

アレクが部下にわたくし達を家に送り届けるように命じる。

けれどわたくしは首を横に振る。

「わたくしは、パーティー会場へ戻ります」

「リディアナ、何を？」

「わたくし以外に攫われた子達はみな身分が低いはずよ。伯爵家の力で事件をもみ消されかねないわ。そうしたら、また、第二第三の被害者が生まれかねない。けれど公爵令嬢を手にかけたとなれば、話は別でしょう」

わたくしは手首に残った生々しい縛り痕を見せる。

「いいや駄目だ！　これ以上危険な目に遭わせられない。自分で気づいていないのか？　ほら、こんなにも震えているのに」

アレクがわたくしの手を取る。

指先が小刻みに震えている。足だけではなかったのだ。

まったく気付いていなかった。涙はもう止まっていたが、身体の震えは残ったままだった。

「でも、わたくしの証言は必ず役に立つはずだわ」

遠くで花火の音が聞こえる。

まだパーティーは終わっていない。

ならばジェレミィもそこにいるはずだ。捕らえるならいましかない。

「わ、わたしもいきますっ！」

「ペトラ?」

「わたしだって、リディアナさまのお役に立ちたいんですっ。アレクお願い。わたし達の願いを叶(かな)えて！」

「ペトラ……」

アレクはわたくしとペトラを交互に見つめる。

ジェレミィを止め、罪を白日の下に晒さなくては。

「わかった。けれど、危ない真似は絶対にしないでくれ」

わたくしはこくりと頷いた。

三人で王宮に戻ると、丁度パーティーが終わりを迎えようとしていた。

アレクとその部下達に守られるように、わたくし達は会場に入る。

会場の端にいたジェレミィに、アレクはつかつかと歩み寄る。

「ジェレミィ・ダデラ伯爵令嬢。少女誘拐殺害未遂事件及び人身売買の罪で連行する。大人しくついてきてもらおうか」

アレクが小声でジェレミィに言う。

騒ぎにさせまいとする配慮だ。

「あら、結界祭の最中に随分なこと。これももしかして演出なのかしら」

ジェレミィは眉一つ動かさず、ともすれば優雅にすら見える動きで微笑んだ。

事実を知っているわたくしですら、一瞬無関係なのではと思えるほどだ。

「国王には事前に許可を得ている。裏付けも取れている。下手な芝居はよせ」

「まぁ、まぁ！　アレクサンダー・エネディウス侯爵子息様。誤解があるようですわ。わたしがどうしたというのかしら」

「あくまで、しらを切りとおすつもりか」

「わからないことについて、わからない、と申し上げているだけですわ」

「この場で騒ぎにしたいのか？　国王陛下のご温情だというのに」

「致し方ございませんわね。わたしは騒ぎを望んでなどおりませんわ。しがない伯爵令嬢に随分ですこと」

せっかくアレクが内々に収めようとしているのに、ジェレミィは一向に会場から出ようとしない。

そのせいで、ちらほらと何かが起こったことに気づいた来場者達が足を止め、こちらを窺い始めている。

ここに来るまでの間に、ペトラとわたくしは衣装を着替えている。攫われた時に破れこそしなかったものの、酷く汚れていたからだ。

だからわたくし達は、傍目にはパーティーを楽しんでいる貴族としか映らないだろう。

(攫うこと自体を失敗した、とでも思っているのかしらね)

わたくしやペトラの手首にはいまも縄で縛られた痣がある。

アレクはすぐに治癒術師の治療を受けさせてくれようとしたが、わたくしが断った。

証拠を残すためだ。

ペトラの治療はそのまま受けてもよかったのだが、彼女も拒否した。証拠は多いほうがいいでしょうと。わたくしは魔法で氷を作り出し咄嗟に隙間を作っていたからそれほどでもないが、彼女のきつく縛られた縄の跡は赤黒く変色して痛々しい。ペトラに治療を受けさせるためにも、早くジェレミィを別室に連れていきたい。

「詳しい話は別室で聞こう」

「ねぇ、随分と威圧的だけれど、わたしがしたという証拠でもお持ちなのかしら」

「ばれない自信があるようだが、証拠はすでに揃えてある」

「そう。…………皆様、お聞きになって！　このわたしが、犯罪者であるという謂れなき冤罪をいまかけられているという事実を！」

女優のような声量で、ジェレミィが高らかに叫ぶ。

会場中の来客が一斉にこちらを振り向いた。

何を考えているのだジェレミィは！

わたくしは咄嗟にペトラを背に庇う。会場が一気にざわつき出した。これではもう、穏便に済ますことなどできるはずがない。

「ジェレミィ？　それに僕の天使も。二人とも僕を取り合っているのかな」

寝ぼけたことを言いながら、困惑顔のイグナルトもやってきた。いまは彼の相手をしている余裕などないというのに。

「……何を企んでいる」

アレクの低い声に、けれどジェレミィは少しも怯まず微笑む。

「いいえ、わたしは何も企んでなどおりません。ただこの身の潔白を皆様に信じて頂きたいだけですわ」

もともと逃げ場はなかった。

騎士団が周囲をそれとなく囲っていたし、逃走経路となる出口は当然すべて押さえてある。

けれど周囲の来客までもが囲みだしたいま、彼女はより一層窮地に陥ったはずだ。

自ら、何故？

すでに涙ぐんでいるペトラの手を後ろ手に握る。肩越しに振り返り微笑めば、震えている彼女もほっとした顔を覗かせた。

ジェレミィは嫣然と微笑んだまま、アレクにもう一度問う。

「わたしの罪は、何だというのでしょう」

「先ほども言ったが少女誘拐殺人未遂と人身売買の容疑だ。黒蠍団との関与が疑われている」

「誘拐！　それに殺人と人身売買！　嘆かわしいことですわ。この国でそんな恐ろしいことが起こっているなんて」

芝居がかった大仰な仕草が鼻につく。周囲に見せつけるようなそれにどんな意味があるというのか。

「それを指示したのがお前だろう、ジェレミィ・ダデラ伯爵令嬢」

「いいえ、違いますわ」

「証拠は揃っていると言ったはずだ」

「ですがどこにあるというのですか？　攫われた人がここにいるとでも？　攫われたのに？」

「あぁ、その通りだ」

アレクが頷き、わたくしが前に進み出る。

「わたくしがそうです。ダデラ伯爵令嬢」

イグナルトが「へっ？」と間抜けな声を上げ、わたくしとジェレミィをきょろきょろと見比べている。お願いだからそのまま訳のわからないままでいて頂戴。余計なことを言われて、バン伯爵家に余分な被害を出したくはない。

「ふふっ、おかしなことをおっしゃらないで。リディアナ・ゴルゾンドーラ公爵令嬢。貴方は、ずっとこの会場にいらしたわ。……それとも、自ら傷物になった、と宣言されるのかしら」

ジェレミィは扇子の向こうでにやりと嗤う。

（なるほどね……。だから人をわざと呼び寄せたのね）

貴族令嬢にとって、純潔は何よりも尊ばれる。

攫われた、となれば事実はどうあれ、傷物として扱われるのは否めない。未婚の令嬢にとって、それは決して許容できない傷となるだろう。良縁は望めず、婚約者がいるなら一方的に婚約を破棄されてもおかしくない醜聞だ。運よく結婚できたとしても、父親よりも年上の貴族の後妻か妾がせいぜいとなる。

なればこそ、ジェレミィはこうして周囲に人を集め、わたくしが醜聞を恐れて事実から目をそらし保身に走り、口を噤むと踏んだのだろう。

（その自信、打ち砕いて差し上げるわ）

わたくしはジェレミィを見つめてにこりと微笑む。

ジェレミィの眉間の皺が深まった。

「わたくしは、ダデラ伯爵令嬢の使いの者に攫われました。この手首こそがその証拠です。命も危ういところでしたが、エネディウス侯爵子息と騎士団の皆様のお陰で九死に一生を得ました。ダデラ伯爵令嬢と繋がりのある黒蠍団は既に騎士団に捕らえられていますわ。ジェレミィ・ダデラ伯爵令嬢。悪あがきは醜いのではなくて?」

わたくしはドレスの袖をまくり、いまだ赤黒い縄の跡の残る手首を見せる。

ペトラと共に攫われた、とは口にしない。ペトラも手首を見せようと動くのが見えたが、それを目で制す。彼女まで傷物扱いにはさせない。

ペトラはまだ婚約こそしていないものの、アレクの大切な恋人なのだから。それを妬む令嬢達に格好のネタを提供してやる気などさらさらない。

堂々と言い切るわたくしに、会場のどよめきはさらに大きくなる。

——攫われた? ならばもう彼女は……。

——お美しいのにお可哀想に。

——ジェレミィ伯爵令嬢がそんなことをするとは思えないが……。

——いやいや、彼女の悋気の激しさならあり得るのではないか。

様々な声がひそひそと囁き出す。

ジェレミィはそれでも扇子の向こうで微笑みを絶やさない。

黒蠍団は生きたまま何人も捕らえられている。ダデラ伯爵令嬢との繋がりもすぐに漏らすだろう。それがわからないほど愚かな女性とは思わない。なのに彼女のこの余裕は何なのか。

まだ、何かあるというのか。

「ふぅ……。わたしは悲しいわ。栄えある結界祭の最中に、こんな扱いを受けるだなんて」

本当に悲しいとでもいうように、ジェレミィは頬に手を当て、溜め息をつく。

「まだ認めないのか」

アレクが怒気の混じった声を漏らす。

声の聞こえた令嬢が「ひっ」と思わず短い叫びを上げてしまうほどに怒りのこもった声にも、ジェレミィは動じない。

「認めるわけがございません。……会場の皆様、こんな戯言に耳を傾けないでくださいな。そう、この場に集まっている耳聡い皆様なら、隣国のこんな噂をご存じなのではなくて？　……男爵令嬢に騙され、王都のパーティーで何一つ罪のない伯爵令嬢を陥れた愚かな公爵令嬢の話を」

ジェレミィの赤い瞳が真っ直ぐにわたくしを射抜く。

どくりと心臓がはねた。

なぜ、彼女がそれを知っている？

「あら、あらあら。リディアナ・ゴルゾンドーラ公爵令嬢は驚きで声も出ないようですわね。

まさか、知らないとでも思われましたか？　わたしは、愛するイグナルト様のために尽くしておりますの。彼を狙う悪女のことなど、調べ尽くすに決まっているではありませんか。何一つ罪など犯していなかった伯爵令嬢を、公爵家の力を悪用して陥れ、婚約破棄までさせたのだとか？　あぁ、恐ろしいこと！」

ジェレミィは大仰に怯えたふりをする。欠片も恐れてなどはいないくせに。

「なっ、それは、本当なのか!?」

イグナルトが鬱陶しいぐらいにおろおろとわたくしとジェレミィを見る。

「えぇ、本当ですよイグナルト様。優しい貴方に悪女が付け入るのを、わたしは見過ごすことなどできませんでした。彼女はまるで自分こそが被害者のように振る舞ったのではなくて？　狡猾な方ですもの。爵位も高い彼女をイグナルト様が無下にできなかったのも致し方ありません。でも、もう大丈夫。わたしが、お守りいたしますわ」

「知らなかった、知らなかったんだ！　僕はそいつがそんな悪女だったなんて！」

ぱっとイグナルトがわたくしから距離を取り、ジェレミィに寄り添う。わたくしを虫を見るような目で見てくるが、いつもの意味不明な熱い眼差しよりもいっそ心地いい。

「そうでしょうとも。見た目だけは美しいのですものね。けれどその中身は、排水溝の汚物よりも醜く恐ろしく汚れているわ」

会場のあちらこちらで、わたくしがした事実が聞こえてくる。

——罪のない伯爵令嬢を孤立させた。

——陥れ、冤罪をかけた。

——婚約破棄までさせた。

「お前っ、いますぐ僕の伯爵家から出ていけ！　僕はお前のような悪女に屈しはしないんだぞ！」

聞こえてくる噂話に、イグナルトが真実を得たとばかりに鬼の形相でわたくしに噛みついてくる。

一方的に言い寄ってきていたのに、随分な口調だ。まぁいい。イグナルトにどう思われようと、わたくしは何とも思わない。無意味にすり寄られることがなくなるのなら何よりですらある。

わたくしは扇子をぱちりと閉じて、息を一つつく。

「すべて、事実ね」

ジェレミィの顔に、勝利を確信した笑みが浮かぶ。

けれどわたくしは、そんなジェレミィに微笑みを返す。

「けれどそれがなに？」

「えっ」

ジェレミィの表情が固まった。

「わたくしは悪女たる愚かな公爵令嬢。それは、紛れもない事実だわ。けれどだからといって、貴方の罪が無くなるわけでも、無実が証明されるわけでもない。依然として、貴方は容疑者のままだわ」

言い返されるとは思いもよらなかったのだろう。

一瞬言葉に詰まったジェレミィは、けれどすぐさま機転を働かす。

「あら、でも奇しくもいままさに同じ状況ですわね？　しがない伯爵令嬢であるわたしに、ならず者共との関わりをこじつけるだなんて……。

貴方がわたしの婚約者に思いを寄せていることは存じていてよ？　婚約者のわたしを差し置いて何度もエスコートさせるぐらいですもの。わたしが伯爵令嬢という立場を失えば、彼は必然的に婚約者を失うことになる。貴方の目的はそれでしょう。でも残念ね。悪女たる貴方の正体は皆の知るところとなったわ。無実のわたしの罪をいくら捏造しようとも、もう信じる人はどこにもいません。そうでしょう！」

会場を見渡すようにジェレミィが促す。

ざわつく会場は、わたくしの噂話を信じるもので埋め尽くされている。

――そうだ、そうだ、隣国へ帰れ！

そんな声すら聞こえてくる。

けれどそれはわたくしがしたことの報いだ。

何一つ悪くなかった伯爵令嬢フィオーリ・ファルファラを陥れたわたくしへの罰。

甘んじて受けよう。

この国を出ていけというなら、出ていこう。

「わたしが、信じます！」

うつむきかけるわたくしの前に、ペトラが飛び出した。

両手を広げ、わたくしを背に庇うように。

「ペトラ……？」

「リディアナさまは悪女なんかじゃないっ。わたしが皆に虐められていたところを助けてくださったわ。恐ろしい魔物からも、怖かった人達からもっ。リディアナさまは、優しくて、綺麗で、わたしの大切な人です！」

ペトラが振り返り、泣きながらわたくしにしがみつく。

「大好きです、大事なんです、リディアナさま……っ」

「ペトラ……」

わたくしまで泣きたくなってくる。

マリーナだったら、きっとわたくしを見捨てて、自分だけ逃げただろう。自分は無関係だと主張しただろう。

けれどペトラはどうだ。

小さな身体で、こんなにも震えながら、わたくしのために立ち上がってくれた。こみ上げそうになる嬉し涙を、わたくしは堪える。

奥歯をぐっと噛みしめた。

泣いている場合ではない。ここが正念場だ。

「ジェレミィ・ダデラ伯爵令嬢。貴方はわたくしが誰にも信じてなどもらえないとおっしゃいましたが、わたくしには心から信じあえる友人がいるようです」

「それが何よ！　たかが子爵令嬢が信じたからといってなんだというの！」

「わたくしの罪が消えないのと同じように、貴方の罪も消えないということよ」

人混みをかき分けて、騎士団の団員がアレクに何かを手渡し、その耳に囁く。

「ジェレミィ・ダデラ伯爵令嬢。いましがた黒蠍団から貴方の書いた手紙を押収（おうしゅう）した。家紋入りのだ。……捕らえろ！」

アレクが手紙を皆に見せ、部下にジェレミィを連行させる。

「離しなさいよっ、捏造よ！」

騎士に腕を掴まれたジェレミィは、振りほどこうとするが解けない。当たり前だ。伯爵令嬢が騎士を振りほどけるはずがない。

「離しなさいと言っているでしょう！　わたしを捕らえるなどと、そんな屈辱を与えられるというのなら、いまここでわたしは自害するわ。無実を証明するために！」

ジェレミィが叫んだ瞬間、無数の黒い蛇が彼女を中心に放射状に飛び出し、その内の一匹はうねりを上げて彼女の身体にまとわりつく。彼女の魔法だ。黒い蛇は騎士団が動くよりも早く、彼女の首を縛り、牙を向く。

貴族達から悲鳴が上がる。

いまにもジェレミィの首を食いちぎりそうなそれに、騎士は怯み、アレクは舌打ちする。

「離しなさい。わたしは本気よ」

赤い瞳に狂気を宿らせ、ジェレミィは微笑む。

騒ぎを聞きつけた騎士団員達が次々と集まり、貴族達を下がらせジェレミィを取り囲む。彼女を捕らえていた騎士は、その手を離して数歩後ずさる。

そんな騎士を嗤うかのように、ジェレミィの黒蛇はシャーっと威嚇した。

無数の蛇達は床を覆いつくさんばかりに広がり、迂闊に近づくのは危険だ。何より、彼女の首に巻き付く黒蛇が彼女の命を本当に消しかねない。

「……できるか？」

アレクが、小声でわたくしの耳元に囁く。

何を、などとは聞かない。

わたくしはこくりと頷き、次の瞬間、床に氷を走らせた。

「なっ⁉」

瞬時に凍り付いた黒蛇達にジェレミィが怯んだ瞬間、アレクが跳躍し床の黒蛇を飛び越え一気に間合いを詰め、炎をまとった紅蓮の剣で、ジェレミィの首を絞める黒蛇の頭を切り落とした。

「わ、わたしの黒蛇が！」

「これ以上手荒な真似はしたくない。大人しく連行されてくれ」

アレクが部下に再度合図し、騎士がジェレミィを捕らえる。魔封じの腕輪を付けられた彼女は力なく項垂(うなだ)れた。

騎士団が彼女を会場から連れ出すと、緊迫した空気が一気に緩み、ざわめき出す。

「あ、あの、そのさっきのアレは冗談だよ冗談っ。僕の天使が悪女のはずがないさ、そうだろう？」

イグナルトがへらへらと作り笑いをしながらすり寄ってくる。鬱陶しい。無視して離れようとすると手を伸ばしてきた。わたくしが扇子で叩き落とそうとするより早く、アレクが素手で叩き落とした。

「なっ！」

叩かれた手をもう片方の腕で握り、信じられないものを見る目でイグナルトがアレクを見上

げる。

「リディアナに触れるな。これは、俺の女だ」

「……っ⁉」

いま、なんて？

はっきりと言い切られた言葉に目を見開く。

心臓が早鐘を打つ。

どくどくと煩くて、わたくしは胸元に手を当てた。

「わ、わたくしは、悪女よ。罪もない伯爵令嬢を陥れたわ」

声が震える。

婚約破棄されても仕方がない悪女なのだ、わたくしは。ジェレミィに暴露される形になったが、根も葉もない噂などではない。罪のない伯爵令嬢フィオーリをわたくしは確かに虐げ、陥れたのだから。

「俺は、貴方が誰よりも強く気高く美しいことを知っている。下賤(げせん)な噂よりも、俺は、俺が見たものを信じる。リディアナ・ゴルゾンドーラ公爵令嬢。初めて会った時から、俺は貴方に心惹かれていた。俺は、貴方を誰よりも愛している」

会場がどよめく。

（わたくしを、愛している？）

アレクが？

真っ直ぐにわたくしを見つめる彼の金色の瞳を見つめ返す。

（……でも、ペトラが恋人なのではないの？）

あれほど大事にしていたペトラが恋人ではなくて何なのか。

わたくしに抱き着き、泣いていたペトラがゆるゆると顔を上げた。ごしごしと目元を拭って、
わたくしとアレクを見つめる。

「アレクっ、やっと告白できたのね」

「あぁ」

「ずっとリディアナさまが好きだったものねっ」

「こ、こら、余計なことは言うなよ」

アレクの頬が赤く染まる。

ずっと、わたくしを、好き？

「わたしも、いっぱい、アレクの良いとこリディアナさまに伝えたんだよ？　ほんとに、よかった……」

ペトラが本当に嬉しそうに微笑む。

どういうことなの？

（え？　待って頂戴。状況が呑み込めないわ。ペトラとアレクが恋人なのではなかったの？）

いまの様子からすると、恋人ではなかったらしい。

わたくしが辛く思っていたペトラの語るアレクとの思い出話は、いまの彼女の口調から察するに、精一杯アレクの良さをわたくしに伝えようと思ってしたことだったようだ。

ペトラはわたくしとアレクの幸せを心底願っているようだし、アレクはずっとわたくしを見つめて答えを待っている。

つまり、すべては周囲の噂話と、親しげな二人の様子にわたくしが勝手に早とちりしてしまっただけ、ということ？

（……それなら、アレクは、ずっとわたくしのことを想ってくださっていたの？）

「答えを聞かせて欲しい」

アレクがわたくしの前に跪き、見上げる。

金色の瞳がわたくしを捕らえて離さない。

その瞳を見つめ返し、高鳴る胸の想いのままに、わたくしは答えを口にする。

「わ、わたくしで、よいのなら……きゃっ！」

答えた瞬間、アレクに抱きかかえられた。

「やったぜ！」

満面の笑みのアレクにそのままお姫様のように横抱きにされ、頬に口づけられた。

（まってまって、そんな、こんな人前でそんな!?）

どっと会場が歓声に包まれる。

わたくしは声にならないぐらい焦って、でも嬉しくて。わたくし達を祝う言葉が拍手と共に会場にあふれだす。

「アレクっ、リディアナさまっ、たくさんお幸せにっ！」

「隊長、幸せに！」

「リディアナちゃんっ、良かったわねぇ」

「そんな、僕の天使が、そんなーーーーーっ」

騎士団の皆が、いつの間にか左右に並んで剣を掲げていた。その隣には魔導師も並んでいる。赤い絨毯が真っ直ぐに敷かれた道は、まるでバージンロードのようだ。

アレクにお姫様抱っこされたまま、わたくしはアレクに連れられる。

一歩進むごとに、魔導師が光の玉を打ち放つ。騎士団の掲げた剣はそれを受けて魔力を帯びて輝く。

光のアーチだ。

「一生、離さない」

アレクが、わたくしの耳元で囁く。

心地よい声に、胸の高鳴りが抑えられない。抱かれたまま、すぐ側にあるアレクの金色の瞳を見つめる。

初めて会った時から、心惹かれていた。

壊れた馬車を直してもらったあの時に、きっともう、心奪われていたのだろう。

「どうか、幸せにしてくださいね？」

「任せておけ」

隣国へ来て、いろいろなことがあった。

罪を犯し、婚約破棄されて、隣国へ逃げてきた。

幼い時からの婚約者だったレンブルク様と別れなければならなかった胸の痛みは、何の罪もない人間を陥れたわたくしへの当然の罰だと思っていた。

けれどわたくしは、運命の人と出会ってしまった。

（ずっと、一緒にいたい）

そんな強い想いを抱ける最愛の人に。

【終章】

「本当に綺麗な庭だな」

わたくしの前に座り、アレクが頷く。

ユイリー叔母様の庭には、今日も優しい色合いの薔薇の花が咲き乱れている。カーラがわたくしとアレクに魔ハーブティーを淹れてくれたあとは、二人の時間ですねとばかりに屋敷に下がる。きっと、お茶が冷める頃にまた戻ってきてくれるだろう。

あの結界祭から一週間が経った。

この一週間は本当に怒涛の展開で、わたくしもアレクもこうして一息つけたのは久しぶりだ。

まず、ジェレミィ・ダデラ伯爵令嬢。

彼女の罪状は捕らえた黒蠍団からすべて聞き出せた。ジェレミィは最後まで抵抗していたようだが、最終的には罪を認めたようだ。

それは、ダデラ伯爵家からの除籍により、イグナルトとの婚姻が決して叶わないと知らされたためだろう。彼女が犯罪に手を染めていたのは、もとはといえばイグナルトのせいだ。

イグナルトは自分の顔の良さを幼少期から理解していて、気になる女性がいれば婚約者であるジェレミィを蔑ろにして、口説いていたらしい。

そんな彼の姿にいつか自分が捨てられるという危機感を常に持たざるを得なかった彼女は、イグナルトが声をかける女性をどうにかして消す方法を探し、それが、誘拐と人身売買だったというわけだ。彼女は二度と貴族籍には戻れず、強制労働が課せられるらしい。犯罪者である彼女は自由に魔法は使えなくなり、これからは魔力制御の枷を嵌められたまま生きることになる。

ジェレミィに同情する気はないが、イグナルトさえまともであればここまで堕ちることもなかっただろうにと思う。

「あの男はいないようだな？」

アレクがふと疑問を口にする。

あの男とはイグナルトのことだろう。ここは彼の家なのだから、以前だったらバン伯爵家の庭先でアレクと優雅にお茶などしようものなら、空気など読まずに乱入されること必至だ。

けれどもう大丈夫。

「イグナルトは、領地に戻りましたの」

わたくしは何事もないかのように魔ハーブティーを頂く。

「バン伯爵家のか？　彼は王宮勤務の文官だろう」

「えぇ、ですが、そろそろ領地経営を学ぶべきだと、バン伯爵夫妻のお考えですわ」

今回の件で、ユイリー叔母様もついに堪忍袋の緒が切れたのだ。

ジェレミィがもう婚約者として頼れないこともだが、もともとはイグナルトが原因なのだ。

彼は犯罪には一切関与しておらず、だからバン伯爵家には王家からの咎めは一切ない。むしろわたくしがジェレミィの罪を証言したことにより、バン伯爵家には褒賞が与えられた。

（でも、婚約者候補はもういないのよね）

イグナルトの女癖の悪さは、有名らしい。まともな貴族令嬢ならいくら伯爵家子息であろうとも避ける物件のようだ。まぁ、わたくしでもユイリー叔母様の息子でさえなかったら口もききたくない相手だ。

けれどそうなるともう、イグナルトを何が何でもまともな領主に躾けなおすしかない。一人息子ということと、ジェレミィという才女が婚約者だったことからいままでは甘やかしてきてしまったが、領地に送り、バン伯爵のご両親のもとで厳しく鍛え直すことになった。

ユイリー叔母様は少しだけ寂しそうだったけれど、これも彼のためと、意外にもすっきりとした顔をしていらした。

「寂しいか？」

「え？」

アレクがあり得ないことを口にするから、わたくしは一瞬思考が止まってしまった。

イグナルトがいないと寂しい？

いいえ、生涯あり得ないと言い切れるわ。彼への情は欠片とてない。わたくしを大切にしてくれているユイリー叔母様の手前、あからさまに邪険にしなかっただけだ。

「その様子だと、彼とは何もなかったんだな」

「当たり前ですわ。なぜそんなあり得ないことを？」

わたくしの態度のどこに彼に対する好意があったというのか。嫌悪を隠すのに必死だったというのに。

「いや、確かにそうなんだが、何せ彼は同じ家に住んでいたから」

「……つまりそれは、妬いてくださったの？」

わたくしが尋ねれば、アレクはばつが悪そうに目をそらして一言「あぁ」と呟いた。その耳が少し赤い。

つられてわたくしも頬が熱くなるのを感じる。本当に、わたくしはアレクに想われているようだ。でもイグナルトのことで妬いていたというのなら、わたくしも言いたい。

「わたくしは、アレクとペトラが恋人だと思っておりましたのよ？　だってとても仲睦まじいのですもの」

誰から見ても恋人のようにしか見えなかったと思う。だからこそ、ペトラはアレクに憧れる貴族令嬢達から陰湿な嫌がらせを受けることになったのだから。

「それは誤解だ！　あいつとは、幼馴染なんだよ」

「ええ、存じていますわ」

「なんつーか、その、なんだ。ペトラはさ、俺にとって妹なんだよ。大事なのは事実だが、愛は愛でも家族愛だな」

「でも、血は繋がっておりませんわよね？　名前も、お互い呼び捨てですし」

少しだけ、じとっとした目線を向けてしまう。

わたくしとイグナルトを疑うのであれば、これくらいは言っても許されると思うのだ。二人が恋人同士だと思っている間、正直とても辛かったのだから。

「あー、これ、内緒な？　あいつには昔から好きなやつがいるんだよ。なのに見た目が儚げで爵位も低いから、親よりも年上の伯爵に目を付けられてさ。妾にされるのを阻止するために、俺の恋人のように振る舞ってた。さすがに侯爵家の俺の恋人を妾にしようとするやつはまずいないからさ。阻止できた後も、お互い縁談を断る口実に上手く使ってたんだ」

初耳だ。

確かにペトラの容姿は色素が薄く儚げで愛らしい。小柄で庇護欲をそそる子だ。子爵家では爵位が上の家から婚約を正式に申し込まれれば、断るのは困難だろう。想う相手がいるならなおのこと、余計な婚約話は避けたいところだろう。

（あら？　でもそうすると、わたくしとアレクが皆の前で恋人になってしまったいま、彼女はまた嫌な縁談に困ることになるのではないかしら）

わたくしの表情から疑問を読み取ったアレクが頷く。

「ペトラの今後は問題ないさ。リディアナがあいつに治癒術師を勧めてくれただろう？　王宮魔導師団の試験前に、今回の功績の望みの一つに治癒術師の適性検査を受けられてね。見事、適性ありだったわけだ。今後は王宮魔導師団の治癒術師について学べることになった」

「まぁ、それなら一安心ですわね」

王宮魔導師団の治癒術師が教えるぐらいなのだ。ペトラの治癒術師としての魔力適性は相当高かったのだろう。侯爵家と子爵家という爵位の差も埋めることができる治癒術師だ。今後はアレクの庇護がなくとも、彼女自身の実力で望まぬ縁談を跳ね除けられるに違いない。

でもできれば一言ぐらい彼女の口から教えてもらいたかったと思うのはわがままだろうか。

「あ、しまった。これはまだ内緒にしてくれって言われてたんだ」

「なぜですの？」

「自分で伝えたいって。正式に治癒術師に受かってから、堂々とリディアナに伝えたいって言ってたんだ。試験に落ちたら恥ずかしいってのもあるんだろうけれど」

失敗したと肩をすくめるアレクは、あまり悪いとは思っていなさそうだ。一生懸命な彼女なら、きっと試験には受かるだろう。

「なら、わたくしは聞かなかったことにして差し上げます」

彼女が笑顔で合格の報告を持ってきてくれるのを、ゆっくり待とう。

「そうしてもらえると助かる。あいつ、ああ見えて怒ると怖いんだよ」

「想像できる気がしますわ」

結界祭でわたくしの罪が暴露された時。彼女は泣きながら、それでもわたくしを守ろうと皆の前に立ちふさがってくれたのだ。

儚げな容姿からは想像もできないぐらい、彼女は芯の強い子なのだと思う。

「なぁ、リディアナ。聞いてくれるか?」

アレクが、わたくしをじっと見つめる。真剣な眼差(まなざ)しに心臓がどきりと跳ねた。

「なにかしら」

「俺は、初めて会った時から、リディアナに惹(ひ)かれていた。太陽を思わせる黄金の髪も、湖水のように澄んだ碧(あお)い瞳も、桜色の頬も、蠱惑(こわく)的な口元も、すべてが俺を捕らえて離さない。……愛してる」

息が止まるかと思った。

アレクがわたくしの髪を一房手に取り口づける。

わたくしは、自分の容姿が嫌いだった。お父様似で、きつい印象を与える瞳は特に辛く感じた。

けれどアレクはそんなわたくしに惹かれてくれたのだ。

「なぁ、俺のことは、アルって呼んでくれないか」

「アル？」

「そう。アレクでも、アレクサンダーでもなく、リディアナにだけ呼んで欲しい」

「それなら、わたくしのことは、リディと呼んで欲しいわ。……アルにだけ、呼んで欲しいの」

「リディ！」

アルが立ち上がり、わたくしの横に来て抱きしめる。

わたくしもアルを抱きしめ返す。

「二人だけの呼び名ですわ。誰にも、呼ばせないでくださる？」

「あぁ、リディだけの呼び名だ。ペトラにも、家族にも、同僚にも、ほかの誰にも呼ばせない。俺達だけのものだ」

二人だけの呼び名。

そう思うと、アレクと呼ぶペトラの親しげな雰囲気に嫉妬してしまったことが嘘のように解けてゆく。

嬉しさが心の底から湧き上がってくる。

アルの顔が近づいて、わたくしと重なった。

わたくし達は、きっと、幸せになる。

fin

あとがき

初めまして。もしくはこんにちは。霜月雫です。霜月は『しもづき』と濁らせて読んでくださいね？

『騙されましたが、幸せになりました　愚か者令嬢と紅蓮の騎士』をお手に取って頂き、ありがとうございます。

この本はわたしの三冊目の著書となります。

今作は前作『嵌められましたが、幸せになりました　傷物令嬢と陽だまりの魔導師』にて親友だと思っていた男爵令嬢に騙され、無実のフィオーリ・ファルファラ伯爵令嬢を陥れてしまったリディアナ・ゴルゾンドーラ公爵令嬢が主人公です。

とはいえ、一話完結の作りになっていますので、前作を知らなくても今作だけでも楽しめるお話となっています。

そしてこのお話のプロットを最初に担当H様と打ち合わせをしていた時、

「……あの、アレクは毛むくじゃらの熊男、などではないですよね？」

と言われました。

容姿についてそう書いてはいなかったので、はて、何故だろうと思いつつ……ふと、自分が書いた男性キャラを思い出しました。

デビュー作の『悪役令嬢の兄になりまして』では、主人公兼ヒーローであるラングリースくんは、ぽっちゃりを通り越してとってもふくよかな男の子。

二作目の『嵌められましたが、幸せになりました』では、ヒーローであるアドニス様はぼさぼさ緑髪の別名化け物樹木人。

……熊男が出てきても全く違和感のないラインナップでした。

大丈夫です。今作のヒーローはとってもイケメンです！

今回も前作と同じくイラストを一花夜先生がご担当してくださいました。

ラフを頂くたびに嬉しい悲鳴を上げながら、美麗なイラストを何度も眺めさせて頂きました。あとがきを書いているいま、すでにわたしの手元には完成した表紙イラストが届いているのですが、もうね、本当にお美しくて。寄り添う二人が最高です！

そして皆様のおかげでこうして二巻をお届けすることができたのですが、なんと前作『嵌められましたが、幸せになりました』は、現在ゼロサムオンライン様にてコミカライズ連載中です。コミカライズ作画担当は咲宮いろは先生。

咲宮先生も本当にきらきらとお美しい絵柄の漫画家様で、毎回楽しく読ませて頂いています。皆様もぜひ一度、読んでみてください。本当に素敵です。

そしてここから先は改めてお礼を。

今回挿絵を描いてくださった一花夜先生。前回といい、今回といい美麗なイラストを描いてくださり本当にありがとうございます。

また、担当H様。担当様のおかげで、こうして二巻を出すことができました。本当にありがとうございます。

そして読者様。皆様が応援してくださったから今があります。

願わくばまた、次の本を皆様にお届けできることを願いつつ……この本を手に取ってくださった皆様が幸せな気持ちになってくれたらいいなと思います。

ありがとうございました！

IRIS
ICHIJINSHA

騙(だま)されましたが、幸(しあわ)せになりました
愚(おろ)か者令嬢(ものれいじょう)と紅蓮(ぐれん)の騎士(きし)

2023年４月１日　初版発行

著　者■霜月 零

発行者■野内雅宏

発行所■株式会社一迅社
〒160-0022
東京都新宿区新宿3-1-13
京王新宿追分ビル5F
電話03-5312-7432（編集）
電話03-5312-6150（販売）

発売元：株式会社講談社
（講談社・一迅社）

印刷所・製本■大日本印刷株式会社

ＤＴＰ■株式会社三協美術

装　幀■世古口敦志・前川絵莉子
（coil）

ISBN978-4-7580-9537-2

●この作品はフィクションです。実際の人物・団体・事件などには関係ありません。

この本を読んでのご意見
ご感想などをお寄せください。

おたよりの宛て先

〒160-0022
東京都新宿区新宿3-1-13
京王新宿追分ビル5F
株式会社一迅社　ノベル編集部
霜月(しもづき) 零(れい) 先生・一花(いちげ) 夜(よる) 先生

IRIS 一迅社文庫アイリス

噂に振り回された不遇な令嬢のシンデレラ・ラブファンタジー。

『嵌められましたが、幸せになりました 傷物令嬢と陽だまりの魔導師』

植物を育てることが好きな伯爵令嬢フィオーリの世界は、可憐な男爵令嬢にワインをかけたと誤解された夜に一変した。根も葉もない悪女の噂のせいで、社交界から弾かれ、婚約も破棄。そのうえ、王家から化け物魔導師として恐れられている辺境伯アドニスに嫁ぐように命じられて⁉　平穏な日々から転がり落ちた彼女は未来に絶望していたけれど……。出会ったアドニス様はとても温かい人だわ。こんなに素敵な方に私が愛されてもいいの？

著者・霜月零
イラスト：一花夜